我們全都可以做得更好、當更好的人、活得更好。

謹以此書獻給這個信念。

我們應該要給每一個孩子最好的。

沒有朋友、受到霸凌，還被開槍射殺，
無依無靠的鬼男孩該何去何從？

鬼男孩
Ghost Boys

珠兒．帕克．羅德絲／著
Jewell Parker Rhodes

陸篠華／譯
林師宇／圖

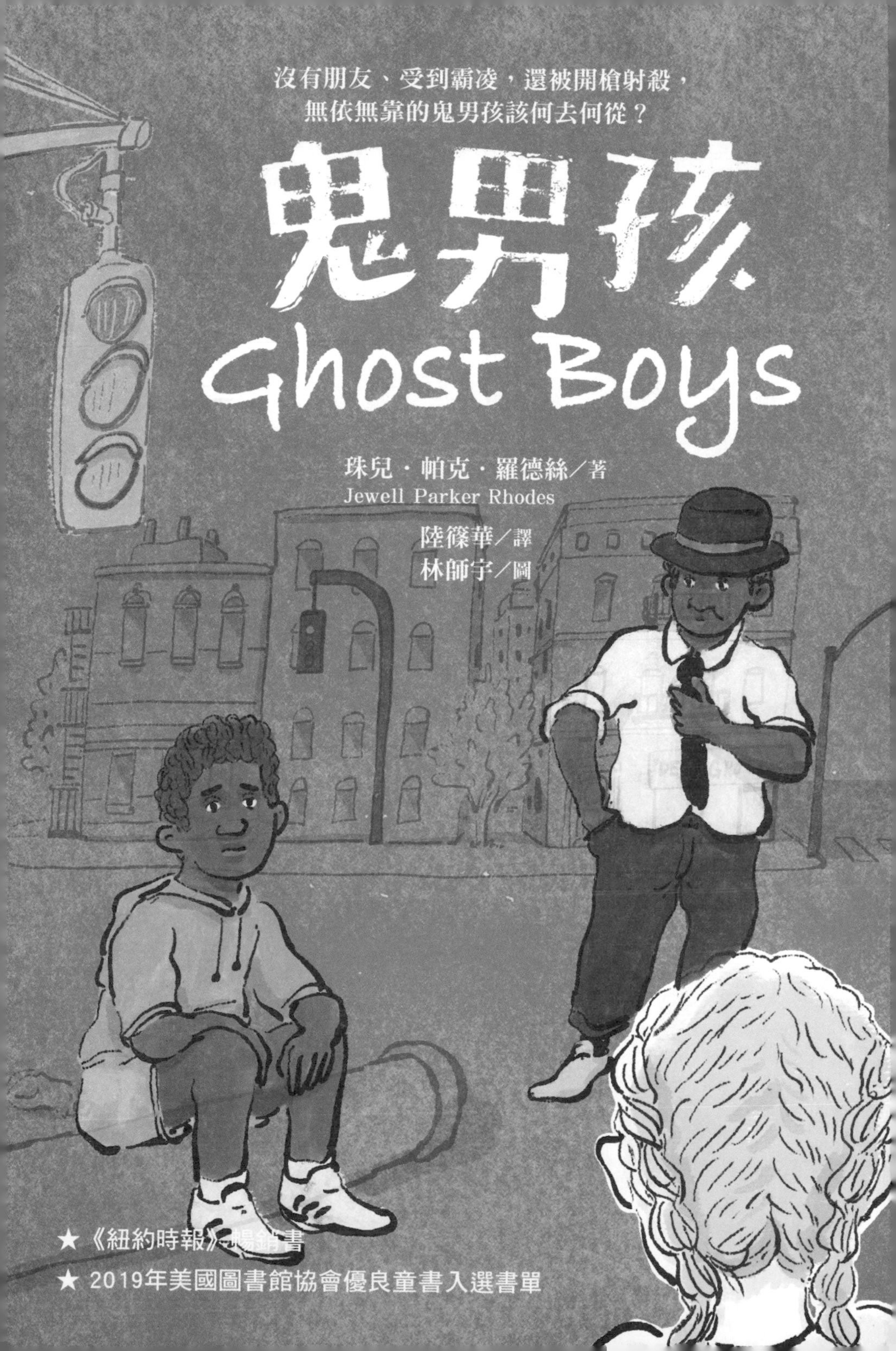

★《紐約時報》暢銷書

★ 2019年美國圖書館協會優良童書入選書單

推薦文

主角死了，故事才要開始

清華大學客座助理教授　林玟伶

書才翻開，主角就死了。

什麼？就這樣？

帶著滿肚子的問號繼續看下去，漸漸的你會知道，死者是一個名叫傑若姆的十二歲男孩，死因是被警察開槍射殺，而警察的說詞是「他有槍」、「他塊頭很大」、「我別無選擇」。

主角死了，故事才要開始。

一方面時間倒轉，描述男孩生前的家庭與學校生活；一方面時間繼續往前走，死掉的男孩化為一縷幽魂，四處遊蕩。生前和死後，交織出一個淒涼的故事，原來，這不是單一案件，而是整個社會系統對黑人的歧視，導致他們不論居住社區、生活環境、學校等級和同學相處，都和白人出現極大的反差，甚至莫名其妙的「被死亡」，也得不到公平的審判。

傑若姆死於二〇一五年的芝加哥，距離另一位於一九五五年死亡的愛默特相隔六十年。愛默特也是未成年的黑人，生於芝加哥，死於密西西比州，他的慘死是真人真事，隔了許多年才從事件原告口中自承當年作了假證，得到一些些平反。

傑若姆的幽魂與愛默特的幽魂跨時代相遇，也見到一群一群的黑人小孩鬼影幢幢，他們都是在「黑人命不足惜」的時代認知中，一點失誤就被放大、曲解，最後被私刑、虐待而枉死。

透過愛默特鬼魂對傑若姆的引導，讀者也可從中一窺美國種族歧視的脈絡，事件當時即使都已經二〇一五年了，非裔的歐巴馬也當上總統了，社會比以前更進步了，但種族歧視與偏見仍舊存在。本書藉由亡靈節信仰的靈感，讓逝者得以見證，尋找能夠使世界變得更美好的活生生的人，進而付諸行動，故事中槍殺傑若姆的白人警察女兒莎拉，就是這樣的角色！

對臺灣讀者而言，種族歧視的議題比較陌生或不顯明，但其中所揭櫫的「反對不公正、不平等」的意識仍深具價值，公民正義是你我都需要努力的課題。

目錄

死後

死後

我看起來好小，平攤在地，腹部朝下，右膝彎曲，嶄新的耐吉球鞋上沾染著鮮血。
我俯身看著自己的臉，我的右臉頰平平的貼在水泥地上，眼睛睜得大大的，嘴巴也張得大大的。
我死了。
我以為我的塊頭會更大、更結實，但我不過是個小不點。
我的手臂往外伸出，彷彿正想像超人那樣飛翔。
我剛要轉身狂奔——砰！砰！兩顆子彈。我腿一軟，重重的跌了下去，撞上積雪的地面。

媽在奔跑，哭喊著：「我兒子，我兒子！」一名警察拉住了她，另一名警察站在我的上方，喃喃的說：「是個小孩、是個小孩……」

媽不斷掙扎，她好像無法呼吸似的喘著氣，尖叫著跪跌了下去。

我受不了這個聲音。

警笛呼嘯著，其他警察正趕往這裡。有人叫救護車了嗎？

我還是死了，孤伶伶的死在空地上。離我最近的那個警察搓揉著自己的頭，手中握著他的槍。另外那個警察看著媽，好像她正準備傷害誰一樣，然後他大叫：「別過來！」

人群慢慢聚攏，大家用手機拍照、錄影。「別過來！」警察的手放在他的槍套上。

更多人過來了，有些人在喊叫，我聽見我的名字，「傑若姆，那是傑若姆！」大家待在原地沒動，有些人在咒罵，有些人在哭泣。

這似乎不太公平，從來沒有人注意過我，我總是低著頭偷溜過去。

現在我卻出名了。

芝加哥論壇報

警員：「我別無選擇！」

傑若姆．羅傑斯，十二歲，在綠街一塊廢棄的空地上遭到射殺。

警員說：「他有槍。」

生前

十二月八日
早晨

「放學後直接回家。聽見沒有，傑若姆？直接回家。」

「我會啦！」我一向都會。

媽彎下腰抱抱我，奶奶又鏟了一疊煎餅放到我盤子裡。「保證？」

「保證。」每天同樣的儀式。

我把一塊煎餅塞進嘴裡。金伸了伸舌頭。

我是好孩子，真希望我不是。我有麻煩，但我不惹麻煩。差別很大。

我圓圓胖胖的，很容易被人戲弄。但我長大以後，大家都會是我的朋友。我甚至還可能當總統，像歐巴馬一樣。

金說她相信我，因此我才忍受她，因為她真的很煩人，很愛問問題，像是「雲是什麼做的？」「為什麼它們的形狀會不一樣？」或是跟我說「『麥塊』這款電玩好蠢」，或是求我幫她挑一本圖書館的書。

「快點，不然要遲到了。」奶奶說著，遞給媽一個便當袋。我和金在學校都有免費午餐。

我們家每一個人都有工作，媽是「假日飯店」的接待員，她的班從早上八點開始。

媽說，我和金的工作就是上學。

爸清晨四點就出門，他是清潔隊員，開垃圾車。古早時候，垃圾車有一位駕駛，還有兩個人掛在車旁邊，他們會跳下車，拿起臭烘烘的垃圾桶往垃圾車倒。現在都用機械手臂來舉起大型垃圾箱，整條路線都是爸自己一個人完成。他坐在有空調的車上，開車，按鈕操控機械手臂，聽「摩城」唱片公司的誘惑合唱團、史摩基．羅賓森、至上女聲三重唱等六〇年代的流行音樂。真遜！嘻哈才好聽。

奶奶料理家務，她煮飯、打掃，讓我和金不必當「鑰匙兒童」，而且還有點心吃，寫作業有人幫（雖然我寧願玩電動）。

「下課後最麻煩了。」媽說。

我推開椅子，親了親她。

「直接回家喔！」媽把制服白襯衫塞好，又重複了一遍。

奶奶抱著我，把我當氣球一樣擠壓。她在我臉頰上啄了一下。「我很擔心你。最近老做噩夢。」

「別擔心啦！」安慰媽和奶奶是我另一項工作。奶奶最會擔心了，她會做夢，她說那些夢是「不祥的預兆」，很擔心有不好的事會發生。但我不知道何時何地會發生什麼，或是為什麼發生。

「有時我夢到閃電或地震，有時是黑雲像蘑菇一樣在天空中升起。我都會很憂慮的醒來。」

想到她的話，我也擔心了。我知道媽會提醒她吃降血壓的藥。

爸也擔心，但他通常不會說。大清早他要出門上班前，都會到我房間（和金的房間）轉一下。

他打開房門，走廊的燈光照了進來。我已經習慣了，閉著眼睛假裝睡著。爸一看再看，然後輕輕的關上房門，去上班。

「傑若姆，」奶奶緊抓著我的肩膀說：「告訴我三件好事。」

我愣住了，奶奶真的很苦惱，眼睛周圍都有黑眼圈了。

「三件。傑若姆，拜託。」

三，奶奶的特別數字。「三就是『全部』的意思，樂觀、喜悅，」奶奶每天都說：「天、地、水。三表示你離天使很近。」

我舔舔嘴唇，「一，學校很好玩。」我豎起兩根手指，「我喜歡下雪。」然後，「三，我長大以後要養一隻貓。」（還有一隻狗，但我沒說，算上狗就是四件好事了，不能破壞神奇的三。）

奶奶鬆了一口氣。我說的正是她需要聽的。沒事，我告訴她，我沒事。

我把書塞進背包裡，對媽眨眨眼睛，揮手說再見。

「要用功讀書喔！」她皺著眉頭微笑。她高興我安慰了奶奶，但不喜歡奶奶的南方行事作風。

媽常對我和金說：「你們——給我好好受教育。」她說「你們」的時候，總用手指戳我們。

「傑若姆，你們——」戳，「給我好好受教育。」有時戳得還有點疼，但我明白她的意思。

奶奶為了照顧她幾個妹妹，連小學都沒畢業。媽和爸唸完了高中。我和金應該要上大學。

金在大門口，背包隨意的掛在肩膀上。金人很好，但我沒告訴她這點。她很瘦，笨手笨腳的。她變成青少年的時候，我就成年了，大家都會更擔心她。

媽老是說：「在這一帶，一個孩子要長大成人，過程充滿了危險。」

我查過「危險」這個詞的意思：有風險，不安全。

我拉拉金的辮子。她皺著眉頭拍掉了我的手。

總不會一直順順利利，難免會有危險。

過些時候，我要用自己的零用錢幫金買一本既恐怖又有趣的書。

我們走路去學校，不能快到好像在跑，也不能慢到像是在激誰來堵我們，我們的步調必須不快不慢剛剛好。

綠街並不寧靜，也不是綠色的，街上就是一些磚房，有些有住人，有些廢棄了。失業的人在街上玩紙牌，喝著塞在牛皮紙袋裡的啤酒。

從家裡到學校要走過八個街口。

離我家第五個街口處一塊叫做「綠畝」的地方，有一家毒品工廠爆炸，燒毀了兩棟房子。附近居民努力清理掉碎片殘骸，把它改造成一座籃球場，挺寒酸的，就一個沒有網子的籃框，用噴漆畫的線，一些木條釘成了可憐兮兮的看臺。至少有人努力過了。

離學校兩個街口，毒販把一小包一小包的粉末或藥丸悄悄塞到顧客手中，再將現金塞進自己口袋。爸說：「沒有足夠的工作機會，但這還是不對的，毒品會要人命。」

我和金穿過馬路，遠離那些毒販。不過，他們並不是最糟糕的，學校惡霸才是最壞的，他們從來不會放過你。多數時候我都盡量待在大人附近，午餐時間我都躲在更衣室、工具儲藏室或廁所。

金把她的手滑進我的手中，她知道。

「放學後見。」我說。

「跟平常一樣。」她緊緊握了握我的手，「你今天會過得不錯吧？」

「是啊。」我努力想擠出微笑，一邊搜尋著人行道，尋找艾迪、史耐普和麥克的蹤影。他們喜歡亂丟我的書包、推我、扯下我的褲子、打我的頭。

金握緊了她的手，噘起了嘴，以一個三年級學生來說，她很聰明，她知道我要在學校撐過一天並不容易。

她從來不告狀。

爸、媽、奶奶他們要操心的事夠多了。他們知道金的人緣很好，而我不是。但他們不需要知道我受到霸凌。

「金——！」一個女孩大叫。

金對我笑了一下。我點點頭。然後她跳上了學校的臺階，辮子也跟著上下跳動，跟凱莎有說有笑的往左走進了小學部。中學部是在右邊。

「喲，傑若姆。」

我回頭一看，不由得抱緊了我的書包。麥克咧嘴而笑，艾迪和史耐普握緊拳頭，擺出一副惡棍的架勢，站在他身旁。可惡，必須超級小心了。

午餐時，我會躲進廁所，或許他們會忘了我，去找另一個目標？

我抱持著希望。

就像我希望自己會中樂透一樣，中一百萬！

死後

鬼魂

公寓裡擠滿了人，媽的姐妹、曼尼叔叔、我的表兄弟、松頓牧師。餐桌上擺滿了食物，全是我最喜歡的——馬鈴薯沙拉、檸檬蛋白派、豬排。要不是每個人都愁眉苦臉的，我敢發誓這就是個派對。

我伸手想拿玉米麵包，但手卻穿了過去。感覺真是奇怪，但沒關係，反正我也不餓。我猜我大概永遠也不會餓了。

我繞著客廳移動。

大家並沒有穿過我，就像是他們感覺到我占有一塊空間。雖然他們看不見我，還是紛紛讓開了，這點讓我很高興。死了之後，沒有人在我身上進進出出，像電影《魔鬼剋星》裡那樣，這就足夠了。

＊　＊　＊

媽在我房間，躺在印了橘色籃球圖案的床單上。牆上貼著史蒂芬．柯瑞射籃的海報。

媽的眼睛腫腫的，奶奶握著她的手，好像她是個小女孩一樣。

我像是空氣一般，拂過家具或媽的手卻沒有什麼感覺，也許死了以後就是這樣。但看著媽哭泣，讓我想摔東西，裡面的我疼痛著；外面的我毫無感覺。我試著摸摸她，卻像去摸玉米麵包那樣，什麼都摸不到。媽在顫抖，我很難過無法安慰她。

我轉身向房門口飄去。金在看書。每當外面響起槍聲，或樓上鄰居萊恩夫婦在吵架、打架，她都去看書。我知道她目前沒事，閱讀可以讓她好過一些。

我站在門口，驚訝我的房間裡擠滿了家人，不再是我的房間了。不再是我可以幻想、做夢的地方，夢想我在打大學籃球賽，或是在軍中，從飛機上跳傘，或是在廣播節目裡唱饒舌歌，或是當總統……

✶　✶　✶

在我右邊，爸縮在角落裡，彷彿想讓自己崩解掉，消失不見。他閉著眼睛，雙臂交抱在胸前。還有誰會跟他一起投籃，或是一起吃熱狗幫「芝加哥熊」橄欖球隊加油歡呼呢？

「我在這裡，我還在這裡！」我用刺耳的聲音說。

媽在我床上蜷身側躺著，爸緊抿嘴脣，奶奶抬起頭，四下搜尋著。

「奶奶，我還在這裡。」

奶奶臉上的皺紋多得一塌糊塗。我以前都沒注意到，奶奶真的很老了。

她抬起頭，目光穿過我，眼睛亮了起來。她點點頭，她看見了？她看得見我？

松頓牧師經過我身旁，他沒有意識到自己把肚子縮起來，側身走進了房間。奶奶注意到了，但其他人不覺得這有什麼奇怪的。

「我們應該要禱告。」他說。

「為什麼？」爸問：「傑若姆又不會回來。」

媽倒抽一口氣，坐起來。「詹姆士，我們不知道神的旨意。」

「那是人的旨意，是一個警察像傻瓜一樣，謀殺了我兒子。」爸一拳捶在牆上，我從來沒看過爸如此暴力。

「他在更好的地方了。」牧師說：「傑若姆在一個更好的地方。」

我有嗎？

媽抱著肚子搖晃著。

「每一次道別都並未離去。」奶奶說。

「媽，別講這些無稽之談了。」媽抱怨道。

「每個南方的黑人都知道這是真的啊！死人、活人，沒差。兩個世界很近的。靈魂不會遠離。」

「迷信！」牧師嗤之以鼻，「這裡是芝加哥。傑若姆的靈魂已經離開了。」

我跪下來。「我還在這裡，媽，我還在這裡！」

「我們明天要安葬他。」媽哭著說。我也想哭，但我的眼睛再也沒有淚水。

「我一定要提告！」爸說：「沒道理我兒子死了，那些白人還活生生自由自在的跑來跑去。」

「愛默特，就像愛默特．提爾一樣。」奶奶說：「他也是芝加哥男孩。」

「現在不是一九五五年。」牧師安撫的說。

「那麼塔米爾．萊斯，」爸叫道：「他二〇一四年死在克里夫蘭。另一個被槍殺的男孩，只因為他是黑人。」

奶奶看著我站的地方，把頭側向一邊，輕輕的呼吸著。

「沒有公平正義，沒有和平。」爸說：「從奴隸制度開始，白人就一直殘殺黑人。」然後他開始哭泣，媽抱住他，他們緊緊的互相擁抱，好像兩個快要溺斃的人。

我的心碎了，再也沒有比這個更痛的了，就連在我背上留下燒灼印記的子彈都比不上。

我的鬧鐘發出「答」的一聲，午夜十二點了，九小時之前，我還在綠畝玩耍。

現在是新的一天，我在這裡，但又不在這裡。

我的身體在哪裡？在它入土之前，他們把它放在哪裡？

「該醒了。」

我猛然轉身，是誰在說話？

我離開房間，穿過整間屋子，經過正在吃東西、哭泣、祈禱的人，尋找是誰在對我說話。

廚房窗戶邊，我看見一個跟我一樣的黑人男孩，他的眼睛像黑絲絨一樣，他跟我一樣高，頭髮跟我一樣短。他凝視又凝視，彷彿這個世界讓他好悲傷、好難過。

我嚇得倒退一步，他點點頭，似乎這在他意料之中，然後就消失不見了。

他不在廚房裡。我的手穿過窗戶玻璃。我看見繁星點點的夜空，暗下來的街道上，街燈吸引了許多小蟲子。

在對街，我看見了他，縹緲得像一縷細雨。一個鬼魂？

像我一樣？

教堂

在一間滿是憤怒、哀痛人們的屋裡度日，真的很糟糕；不能躺在自己的床上、不能吃東西、不能說話，也很糟糕。

我不能睡覺，死人沒得休息。

我看著自己的家人哭泣、壓低聲音說話。媽好像夢遊似的，拖著腳步在屋裡晃來晃去，像是還在尋找我；爸總是對著電話吼叫，跟律師、記者說話。我想不出來還有什麼比看著自己家人痛苦更糟糕的。

到了晚上，客廳裡充滿了陰影，一些畸形醜陋的東西。我沒進去我的房間，太悲傷了，媽現在睡在那裡，在沙發睡的金會在夢中嗚咽；奶奶瞪著天花板，害怕入眠；爸胡亂裹著床單，兩隻手臂橫放在眼睛上，仰躺著。

沒人能好好休息。

有什麼我該去的地方嗎？希望是天堂，一個好地方。但我還在這裡，哪兒都沒去，也無法幫助任何人。

奶奶哼著福音歌曲，每次我移動的時候，她似乎都知道。她看著我站在電視附近，我跟著媽進廚房時，她會轉身；我坐在爸旁邊的椅子上時，她會往前傾，哼得更大聲。

要是她真能看見我，我就不是死人了。她會叫我去「打掃房間、把垃圾拿出去、洗洗手」。我好懷念她命令我去做日常瑣事，或是對我說：「寫功課，不准看電視。」

今天，爸、媽、金和奶奶穿著上教堂的衣服。我的告別式。我和他們一起坐在黑色的凱迪拉克裡，這是我坐過最好的車。

媽喃喃的說：「『打開棺木，我要全世界看看他們對我兒子做了什麼。』這不是提爾太太說的話嗎？不是嗎？」

奶奶第一個下車，接著是金、媽和爸，然後是我。奶奶對著空氣低聲的說：「該出發了，孩子。該往前走了。」

聽見奶奶對我說話，我目瞪口呆，但我無法往前走，我不知道該怎麼往前走，又要走到哪裡去。我哪知道該怎麼當個死人？

我跟著他們走上臺階。金伸手要爸爸抱。爸爸抱起她，她把臉埋在他脖子裡。

「羅傑斯先生，先生，先生！」是卡洛斯，我的新朋友（現在是老朋友了）。

爸忙著安撫金而沒聽見，但奶奶聽見了。她招招手要卡洛斯過來。他擦著淚遞給她一張紙。奶奶看了看，緊緊的把那張紙按在胸前，然後給卡洛斯一個能把肚子壓扁的大大擁抱，就是她最快樂時給我的那種擁抱。

教堂厚重的大門打開了。

管風琴的樂聲變大了，是奶奶最喜歡的〈奇異恩典〉。

卡洛斯跑下臺階，他依舊穿著連帽衫，不畏寒冷和冰雪。

身穿白衣的教會執事簇擁著我的家人，將他們從門廳引進教堂。

我正準備跟進去，突然間，我的鬼朋友出現在我身旁。

「別進去，你不會想看的。」

「你是誰？」

「某人，希望你不認識。」

我看著他。他的皮膚像紙一樣薄，黯淡無光，肩膀很寬，顴骨很高。他的衣著怪怪的，很老式，他穿著白襯衫，打著領帶，戴著有帽沿的帽子。

「我是你。」

這毫無道理。我伸手去碰碰他，也許鬼可以摸得到鬼？

他消失了。

我坐在教堂臺階上，留在外面。

✶　✶　✶

也許還是不要看見自己在棺木裡比較好？我猜想著卡洛斯想拿給爸的是

什麼、奶奶看見的是什麼。

是什麼能讓奶奶在我的喪禮上那麼開心，即便只是一瞬？

生前

十二月八日
學校

邁爾斯先生是整所中學僅有的兩位男老師之一，我知道他過去不是什麼酷小子，他一直讓我們這些不酷的孩子過得很艱難，就好像他從來沒在成長過程中學到什麼一樣。

此刻，他正在一本正經的介紹一位新同學，好像站在全班面前就會讓你覺得受歡迎一樣。這根本就像給那學生一塊牌子，上面寫著「踢我」。

這位新同學也知道，他看起來愁眉苦臉的，他穿著鬆垮垮的牛仔褲和連帽衫，帽兜拉起來。邁爾斯先生把他的帽兜拉下來，你可以看見一頭及肩的黑色鬈髮，就像女生一樣。我嘆了口氣。

「卡洛斯是從德州聖安東尼奧來的。」邁爾斯先生發話了：「他很幸運，上過英語和西班牙語雙語課程。艾迪，你會說西班牙語，對吧？」

「我說的是多明尼加西班牙語，不會說德州西班牙語。」

全班竊笑起來。卡洛斯臉紅了。

邁爾斯先生眨眨眼睛，「希望大家可以幫助卡洛斯感受到芝加哥的歡迎之意。」

大家一起哀號。邁爾斯先生根本是幫倒忙，凸顯了他需要別人的關懷，期待我們這些孩子幫助他，而我們想要的只是生存。

邁爾斯先生滿懷希望的掃視全班。

卡洛斯看起來要哭了。要來上這所學校，他還不夠強悍。我為他感到難過。

「Hola！」（西班牙語「你好」）說完我就皺起了眉頭，我是怎麼了？

卡洛斯笑了，邁爾斯先生一副想來跟我握手的樣子。他指著我旁邊的位子要卡洛斯去坐。

我附近總是有空位子。

我回頭看了艾迪一眼，他正在摩拳擦掌，他會殺了我；總比卡洛斯挨揍好，新同學總是像磁鐵般招打。

在芝加哥，有些孩子在家說西班牙語，在學校卻從來不說。家長會的時候，要是艾迪必須跟他媽媽說西班牙語，他會掩住嘴小聲的說，他覺得在學校說西班牙語很不酷；他媽媽想要跟老師說話的時候，他就做鬼臉。

真希望我會說另一種語言。「Hola！」是我唯一會說的。

事實上，即使我說正確的英語，也不能讓艾迪、史耐普和麥克那幫傢伙不找我碴。就因為我在上課時沒有表現出很無聊或不恭敬的樣子，下課時沒有大聲喧嘩、愛出風頭，他們就說我「自以為了不起」，是「老師的寵物」。

真希望我已經唸完中學了，我實在厭倦了夢想長大後的生活會有所不同，目前就是愚蠢、愚蠢、愚蠢。

「嘿，嘿！」

我加快腳步，想要擺脫卡洛斯。

「午餐？」

卡洛斯拉住我的手臂。酷寒的冬天，他的連帽衫根本不能禦寒，我很同情他，他們家要搬來芝加哥並不是他的錯。

「你就這樣做，」我說：「跟著我。」我快步往前走，卡洛斯跟著我進了餐廳。「別拿爛糊糊的食物，不要用餐盤。」

卡洛斯點點頭，然後小心翼翼的四下尋找艾迪。我沒告訴他麥克出拳最重，史耐普喜歡咬人。

「別拖慢我的速度。」我警告他。

我插進隊伍，有些人不滿的叫了起來，我不在乎。午餐時間耐著性子慢慢等，可是會讓我招來一頓好打。我抓起一個三明治、一顆蘋果和一盒牛奶，卡洛斯也一樣。

他的T恤上有縫補的痕跡。

我們學校裡有各種等級的貧窮。有一點點窮、更窮，然後是比更窮還要窮。

我們家算一點點窮，因為我雙親都在工作。卡洛斯家大概是最糟的。

我想，今天是火燙的紅色緊急狀態，要是沒有卡洛斯，那就只是黃色。

「來吧！」我往前跑，卡洛斯跟在後面，飛快的爬上了臺階。

「這裡！」頂樓的廁所幾乎總是空的。小孩都喜歡往下走，不喜歡往上。

我通常會用最裡面的廁間，但我讓給了卡洛斯。「腳放在馬桶座上，這樣就沒人看得見你的鞋。吃吧！」

卡洛斯瞪著我，好像我瘋了。

「有用的。」

我走進隔壁廁間，鎖上門，打開了我的三明治。我仔細聽，一分鐘之後，我聽見卡洛斯也打開了他的三明治。不知道他是不是拿鮪魚的。

「多謝。」

「不客氣。」

學校的馬桶沒有蓋子，我們兩個就蹲在馬桶水的上方吃三明治。我的蘋果在口袋裡，有時我會將牛奶放在捲筒衛生紙上保持著平衡，很好笑，不是獨自一人做這件事，讓我覺得好過些，不那麼寂寞了。

「貝爾敦不是壞學校。」

我試著提供一些幫助。

「在聖安東尼奧，學校裡總是有麻煩，大家都打架，大

家都害怕，希望這裡好些。」

鮪魚乾得像土，我差點噎到。「我們這裡也打架，」我據實以告：「所以我們有警衛，還有金屬探測器。」

我聽見卡洛斯的呼吸，他知道我在說什麼。

芝加哥或許比聖安東尼奧還糟糕。

「我沒有想要騙你，卡洛斯，真的，我不想害你難過。」

卡洛斯笑了起來，「沒關係。也許每一間學校都不好。但這裡，蹲在馬桶上吃午餐？這倒是新鮮。」

我笑了。我能說什麼？廁所是我最喜歡躲藏的地方。沒人會到這裡來找我。就算有人進來，他們也懶得走到最裡面。我只要保持安靜，直到聽見沖水、洗手，然後門被推開再關上。

我拍打綠色的廁間，卡洛斯也拍回來，拍、拍、拍！我的敲擊加上了節奏，他也是。敲啊敲敲，我敲，他敲，敲敲敲，卡洛斯拍了一下，拍、拍、敲。卡洛斯哼著音樂，吹著口哨。

不一會兒，我們就在畫滿塗鴉的廁間敲出了一段節奏，好像在玩手鼓一樣。我認為卡洛斯滿酷的，他夠聰明，知道找上我，要是我去到一個新環境，也會找上一個誰的。

「阿米哥？」（西班牙語「朋友」）

朋友？我不確定該怎麼回答。

中學就像國家一樣，結盟並不容易，也很危險，他人的打鬥會變成你的打鬥。你必須擔心你朋友的朋友，還有他們在街上和學校裡的狐群狗黨。每個人都拉幫結派，除了我。

當然，我就受到欺負了，通常是麥克、艾迪和史耐普感到無聊的時候。我是容易下手的目標，他們可以霸凌我而不用與任何朋友為敵。孤獨唯一的好處，就是不用操心要去為任何人撐腰。

「朋友？」卡洛斯又問了一遍。「如果是在聖安東尼奧，我早就會跟你說『嗨』了。」他停頓了一下，「我們可以互相照應。」

我哆嗦了一下，我看不見他的臉，但聽得見其中的盼望。五年級時我就放棄朋友了。真可悲，都七年級了，卡洛斯還在希望能跟誰有良好的關係，能有個朋友。

「我並不想搬家，但我爸現在是『北河建設』的工頭，這可是很不得了的，可以有更多錢，對我們家很有幫助。我媽懷孕了。」卡洛斯安靜了下來。

我看得出來他是個愛擔心的人，他的聲音跟我的一樣緊繃，他大概也一直努力要做個好孩子。

卡洛斯脫口而出：「我在聖安東尼奧沒有朋友，住了兩個不同的城市卻沒有任何朋友，真的很不公平。」

「是啊，」我說。簡直不可置信，我不敢相信自己會冒這個險，「朋友！」

我們看不見彼此的臉，但我知道我們兩個都在微笑。

我想邁爾斯先生一定會以我為榮的，奶奶也是。

「噓！」廁所門嘎吱一聲打開了，然後關上。重重的一擊！即使我無法看見卡洛斯，我也感覺得到他跟我一樣呆住了。

橡膠鞋底發出吱吱嘎嘎的聲音，靴子重重的踩在地面（是麥克！），然後砰的一聲，他們捶在一間廁間的門上。「空的！」史耐普大叫。

砰，砰，砰，砰！

砰！他們捶上我的門。門鎖上了。我看見史耐普的飛人喬丹球鞋，還有麥克的靴子。艾迪彎下腰試圖看進來。我保持不動。他看不到馬桶座以上。

砰！最後一間的門猛然打開。慘了！卡洛斯沒把門鎖上。

「逮到你了。」艾迪歡呼。

「住手，住手！」麥克在拽卡洛斯。我看見他的腿在踢，聽見他在東抓西握，試圖抓緊什麼東西好留在廁間裡。「離我遠一點！」

我拉開門鎖。「離他遠一點！」我大吼。

艾迪推了我一把，我跌在馬桶上，手忙腳亂的想保持乾燥。

卡洛斯在哭，我衝出去拉開麥克。麥克揍了我一拳，艾迪抓住我的衣領。

「住手，離他遠一點。」

「你在芝加哥屁都不是。說！」史耐普扭住卡洛斯的手臂，強迫他。「說啊，『我屁都不是。』」

卡洛斯瞪著他。

「你是混蛋，」史耐普扭得更用力了，「跟傑若姆一樣是膿包。」麥克和艾迪笑了起來。

卡洛斯生氣的掙脫了，他的腿往後抬。「不要！」我警告。卡洛斯一腳踢下去。史耐普哀號著抱住了自己的膝蓋。卡洛斯出拳，但僅僅打中史耐普的肩膀。

麥克一拳揍向卡洛斯，他往後倒下去。然後麥克和史耐普一起猛踹卡洛斯的肚子和頭部。

卡洛斯不斷扭動，雙手亂揮。艾迪拉住我，我奮力往前拖。「我要去告訴老師，」我尖叫，我不在乎當告密者，「我一定要去告訴老師！」

艾迪把我重重的摔在牆上。

他們三個面目猙獰的看著我，怒不可遏。他們沒料到我會反抗。

我全身顫抖，至少卡洛斯沒再被踢了，但他們要傷害我，真正的傷害我。我恐懼的做好了準備。

我絕不求饒。

艾迪笑了，愚蠢又令人毛骨悚然的笑。麥克推我的肩膀，「不准告訴任何人。」他威脅道。

「對，」史耐普附和：「你誰也不能說，什麼也不許說。」

「你們死定了！」

我們一起轉身。卡洛斯有把槍。

死後

預審
芝加哥法院大樓

四月十八日

四月。我死了四個月。

在法院大樓裡，我感覺冰冷溼黏。不是天氣的冷，而是空虛的冷，我被困住了，困在時間裡，困在死亡裡。

爸媽和奶奶坐在法庭最前排，檢察官的後面。記者、素描畫家、松頓牧師、警察，還有鄰里鄉親填滿了其餘的座位。律師席的正後方是一位白人婦女和一位女孩，也許是她女兒，她們兩個都有沙褐色的頭髮，看起來都很悲傷。

沒有陪審團，只有空蕩蕩的座位。

法官不高，身高大約跟我媽差不多，她穿著黑皮鞋，指甲塗成粉紅色。

「預審，」她說：「不會判定有罪或無罪，而是決定是否有足夠的證據來審判起訴，是否應該控告摩爾警員謀殺。」

這也未免太扯了。我都死了，不是嗎？

一名警察坐在法官下方的被告席，他也有一頭沙褐色的頭髮，還有一雙呆滯的藍眼睛。一位律師正對他說著什麼，但他沒有在聽，只是看著那位婦人和女孩。那是他的家人吧，我猜。

「摩爾警員，你可以回答這個問題嗎？」

「什麼？」警察看著那個瘦削的男人。

「當時你害怕自己有生命危險嗎？」

「是的，是的。他有槍。」

「後來發現那把槍竟然是玩具，你驚訝嗎？」

「是的。它看起來很逼真，他在威脅我。」

我搖搖頭，我從來沒有拿槍指著警察過。我走近那名警察，他為什麼要說謊？

前排那個女孩指著我，低聲對她母親說話。我看著那女孩，她眼睛睜得大大的，充滿了恐懼。

跟她爸爸一樣害怕我？

她母親按下她的手，要她安靜。

檢察官繼續：「攻擊你的人多大年紀？」

「我想至少二十五歲。他是個男人，危險的男人。」

「所以你就依照所受的訓練，執行你的工作？」

「是的。」

「當你發現那個男人其實是男孩，一個十二歲的男孩，你懊惱嗎？」

媽開始輕柔但尖細的嗚咽。

「我很驚訝。他塊頭很大，身材魁梧，很嚇人。」

「你覺得受到了威脅？」

那警察停頓了一下。我直直的看進他的眼裡，他的目光穿過我，打量著他的妻子和女兒。他的女兒盯著我，我不知道她為什麼看得見我，又是怎樣看見我的。

他嚥了一口口水，舔舔下嘴唇。「我……覺得……受到了威脅。」

爸站起來吼道：「一個成年男人，兩個成年男人，你，還有你的搭檔惠特警員都有武裝，會被一個男孩威脅？」

媽哀號起來。

女法官敲敲木槌。「安靜，法庭內請安靜。」

「黑人的命也是命！」有人大聲喊道。

「傑若姆的命也是命，」奶奶大叫：「他是個好孩子。」

「肅靜！肅靜！」法官大叫，警衛湧向我的父母。我癱倒在地，感覺像是又被射殺了一次。我怒不可遏。

沒有肅靜，只迴盪著吵雜、痛哭、叫喊和命令。法庭畫家快速的素描。記者推來擠去，大喊著問題：「會有公平正義嗎？」「摩爾警員，你覺得抱歉嗎？」「摩爾太太，可以告訴我們妳的感受嗎？妳先生做對了嗎？」

我沒有聽見任何回答。摩爾警員是不是抱歉，他太太是不是抱歉，全世界是不是抱歉，又有什麼要緊？

我瞪著天花板，它漆成藍色的。

「我看得見你。」

我驚呆了。這個白人女孩站在那裡，直直的看著我。

她嘴巴張成O形，全身顫抖，她有一雙水晶藍的眼睛。她不是鬼，她是摩爾警員的女兒。

這是什麼意思？

太不酷了！

為什麼能看見我的不是金？為什麼是這個蠢女孩？

生前

十二月八日

槍

卡洛斯瘋狂的揮舞著槍，指著艾迪、麥克和史耐普。我往左邊退遠一點，更靠近走廊門口。我早該知道，朋友就是會給你惹麻煩。

「離我遠點。我說真的。」卡洛斯爬起來。

「我們只是在玩啦。」麥克說。

「用不著生氣嘛。」史耐普加上一句。

艾迪瞪著他。「你在學校怎麼會有槍？」

卡洛斯沒有回答。

儘管緊張，我還是大喊：「離我們遠點！」我側身一點一點往卡洛斯那邊移動，遠離槍和艾迪之間那條火線。

麥克、艾迪和史耐普盡量不表現出害怕的樣子。卡洛斯用兩手穩穩的握住槍。他看起來比他們還害怕。

艾迪抓住麥克的肩膀。「走吧。」麥克不想走，但艾迪是老大。史耐普鄙夷的說：「我才不在乎什麼德州小鬼咧。」

「他該滾回德州去。」麥克吐了口唾沫。「等著。」

等什麼？他們要痛揍我們？

「你們要是回來，會後悔的。」卡洛斯說。

「對，」我警告，「後悔。」

「所以你現在屌了，傑若姆？」

我退縮了一下，沒有回答艾迪。我有點噁心想吐，後悔捲進了這場渾水。

卡洛斯把槍指向艾迪。

「待會見，傑若姆。一定。」

「我們走。」艾迪說著，和麥克、史耐普一起晃出了門。

午餐結束鈴聲響起。回到教室。我如釋重負的往前衝。要是媽和奶奶發現我靠近槍，她們會殺了我。

卡洛斯拉住我的手臂，「傑若姆！這不是真的。你看。」

不是真的？我吹著口哨仔細看。「塑膠的？難怪可以通過安檢。」

卡洛斯咧嘴一笑，點點頭。然後他大笑起來，笑聲愈飆愈高。「這招不錯吧？」

「好招。」我笑得前俯後仰。我們倆都大汗淋漓，歇斯底里。我大口吸進空氣。

我不那麼害怕了。還是緊張，但不那麼害怕。卡洛斯很聰明。

一把玩具槍。

死後

莎拉

我不知怎的找到了那個女孩的家，不是什麼豪宅，但比我家的公寓好。兩層樓，有前後院、門廊、地下室，到處都有窗。

一輛警車停在車道上。

一片窗簾翻動了一下，我看見那個女孩。好像有魔法一樣，我飄進了二樓一間粉紅色的臥室。

那女孩踉踉蹌蹌的靠在五斗櫃上，我看得出來她想尖叫，但她沒有。

「我認得你的照片。」她嚇壞了，上氣不接下氣的說。

「妳看得見我？怎麼會？」

「我也不知道。」她臉上有雀斑，浮出一抹緊張的微笑，她勇敢的站直了些。

「不能跟任何人說話，不能被看見，還滿寂寞的。」

「我也寂寞。」她說著臉紅了，「聽起來很蠢，但我很寂寞。自從我爸射殺了你，他和我母親就老是吵架，他們一直都很難過。」

「他們應該要——」

「難過？他當時很害怕。」

「我當時正在玩。我才是好人。」

我也的確是。金和我幾乎從來不在外面玩，「有幫派、飛車黨。」我父母總是這樣告誡我們。那是一個特別的下午，我在外面，而不是關在陰暗的公寓裡。我告訴奶奶我交了一個朋友。那是很好的一天。

「對不起。」女孩低聲的說。

她的道歉讓我很生氣，如果她不是女孩，我就會想打她。身為死人，我誰也不能打，這讓我更生氣。她的臥室有我的三倍大，布置著書架、裝框的相片、粉紅色條紋羽絨被、電視、電腦。我打賭她在這附近連槍聲都沒聽過。

「我爸爸是在執行他的工作。」

「他這麼說的？」

「他開槍射殺了我。」

她緊閉雙唇。

「我爸爸保護民眾、服務人民，這就是警察做的事。」

「他就沒有保護我。我家附近每個人都知道，警察可以為所欲為。」

「那不是真的，他維護法律。」

我哼了一聲。

女孩懊惱的退後了一步。

我才不在乎。她的臥室像棉花糖一樣，甜得噁心。燈罩上的芭蕾舞者發出亮光，枕頭上擺著兩隻絨毛小豬，不管誰睡在這間臥室裡，都不會有什麼不好的事發生在她身上。

「傑若姆？」

我沒回答。

「我可以幫忙嗎？」

我差點尖叫：妳可以讓我活過來嗎？但我沒有。女孩在哭，我很驚訝一個陌生人竟然會為我哭泣。

「我不能改變什麼。新聞裡都是你。」

我並不想上新聞。「他們說什麼？」

「要看情況。」

我還沒來得及說「看什麼情況」，門就打開了。

「莎拉，該睡覺了。」

「好的，爸爸。」

摩爾警員非常瘦削，有一雙大手和通紅的眼睛，他緊緊擁抱自己的女兒。我想她恐怕要骨折了，但莎拉並沒有把他推開。

「明天想去溜冰嗎？」

「當然想啊，爸爸。」

他親吻她的額頭，我好嫉妒，往後誰還會吻我呢？

「爸爸，他才十二歲，這是真的嗎？」

摩爾警員伸直手臂推開莎拉，「那是一個充滿暴力的危險社區。」

「他跟我同年。」

「妳不認識他。妳沒看過他。」

莎拉看著我。她真的看過我。我們一樣高，或許同樣是七年級。

「他——」她指一指，然後停住了，結結巴巴的說：「他跟我一樣高。」

她父親眨眨眼，好像不認識她了，好像無法相信她竟然反駁他。

她繼續追擊：「你說他塊頭很大、很嚇人。」

「當時在那裡的是我，」他反擊，「不是妳。」

莎拉垂下目光，握緊雙手，顫抖著。

她父親甩門離開了。

他沒有聽見她說：「你是不是弄錯了？」

「他沒有。」我回答。

「一定是弄錯了。」

「他是故意的。」

「不是，是弄錯了。」

「再見。」我厭惡的說。

「別走。」

「我留下來幹嘛？」

「我們可以當朋友。」

「這是最蠢的事了。」我從來沒有一個像莎拉這樣的朋友，一個白人女孩。我笑了起來，真是太蠢了。死了，然後一個白人女孩可以當你的朋友。

「我沒在開玩笑，留下來。」

她在懇求，我為她感到難過。我學校裡沒有任何像莎拉這樣的人，絕對不會有誰喜歡小豬和粉紅色。「我要走了。」我說。

「去哪？」

這個問題來得猝不及防，我不知道，我甚至不知道要怎麼走，該怎麼移動。我就是消失，又再出現，這我可以控制嗎？

除了莎拉之外，我有種自己被監視的感覺。我不安的轉身，努力想掀起窗簾。

鬼男孩正抬頭看著我，街燈的光亮穿透他的身體，他注視著，等待著什麼。是我？還是莎拉？

莎拉在我身旁抽鼻子啜泣，「死了是什麼感覺？你不是應該要去什麼地方嗎？」

這下換我想哭了。我病了，得了想家病，但我的家人，甚至是金，都看不見我。我痛恨看著他們吃穀片，裝出笑臉，假裝日子如常；我痛恨看見我以前坐的位子，如今空空蕩蕩。

誰知道死亡如此複雜？誰知道劇終並未終了？

「我討厭學校。」莎拉坐在她蓬鬆柔軟的床上。

「什麼？妳被霸凌了嗎？」我了解霸凌，被推進衣物存放櫃、被羞辱。

「有些人很氣我爸。他們對我吼叫，好像我是壞人。但有些人……」她低頭看著自己的手，「有些人認為我爸是英雄，他是在做分內的事。他很英勇，我應該以他為榮，我很特別、很幸運可以當他的女兒。我覺得好尷尬。」

我渾身顫抖。「我真不敢相信！妳家要什麼有什麼，美好的生活，大家讚美妳，這真不——」

「公平。」

兩次了，她幫我說完我要說的話。

「我也不想因為我爸殺了你而被別人喜歡。」

她長得很像她爸爸，要看著她，不太容易。我嚥了一口口水。

「妳叫莎拉？」

她點點頭，「我最愛爸爸，勝過一切。但看見你，我又納悶他怎麼可以——」

「射殺我？」

「是啊。或許我也會被射殺。」

「不會的，妳是女孩，又是白人。」

「是這樣嗎？這是真的嗎？」

我聳聳肩，「要小心警察」、「要小心白人」這些我不知道聽過多少遍了，我們那一帶每個人都知道。我剛識字時，爸就告訴我了。

我盤腿坐在地板上。沒有骨骼，沒有肌肉，但我一樣會感覺累。

「我本來就該看見你。」莎拉堅持，「這是有特別意義的，一定是。」

她在我身旁盤腿坐下。她連指甲都是粉紅色的。「我想我是注定要來幫你的。」

「幫我？妳能怎麼幫我？」

「我也不知道。」

「我奶奶告訴我，該出發了，該往前走了。」

「她能看見你？」

「不，不是像妳這樣。她也聽不見我，但她能感覺我在附近。」我嘆了口氣。

莎拉也嘆了口氣。兩個小孩，一個死的，一個活的。

真瘋狂。我笑了起來。莎拉先是微笑，然後跟我一起大笑。她知道我不是在笑她。我們兩個都很不安。我想要是不笑，我們就要哭了。

都死了我還笑，感覺不太對勁。

真希望我從沒遇見莎拉。

生前

十二月八日
學校

語文、歷史、數學，每一堂課卡洛斯都坐在我隔壁排。有時他的頭都垂到桌子上了，好像沒睡飽，他很瘦，比我瘦得多，也比金還瘦。

真希望下課鈴聲快快響起，我已經做太多事了，幫助卡洛斯，看著麥克、艾迪和史耐普假裝不害怕，我筋疲力盡，緊張焦慮。

今天我沒被踹，沒那麼孤獨，但我很困惑——做個好孩子給我惹來了麻煩；嚇跑惡棍倒讓我擺脫了麻煩。我不喜歡這樣，不喜歡去想明天還有後天，要怎麼保護自己。

我沒有玩具槍。

鈴聲響了。「再見！」我對卡洛斯說完就衝出教室。我扛著背包，匆匆穿過學校大門，跑下階梯。我在人行道上等金，學生急急忙忙的從我身邊經過。

卡洛斯拉拉我的外套，我嚇了一跳。「嘿，我們一起玩一下吧！」

他冷得發抖，「我可以晚點回家，我媽不介意。」他咧嘴笑著，完全清醒了。

他把槍從口袋裡拉出一點，「我們可以假裝在捉拿殭屍。」

「不要。」我顫抖著搖搖頭。

「我們現在是朋友了，是不是，傑若姆？」

我對著他口袋凸顯的形狀皺起了眉頭。我提醒自己，那只是玩具，不是真槍。

我再次搖搖頭，「我得回家了。」

「那你拿去吧，明天還我。」

「傑若姆？」我聽見一聲呼喚。

「我妹。」

卡洛斯點點頭。「嘿！」

金甜甜的笑著，好像認為卡洛斯很可愛。

「我是卡洛斯，傑若姆是我朋友。」

金笑得更燦爛了。「嘿，卡洛斯。」她還不習慣有人叫我「朋友」。

卡洛斯咧嘴笑了，「芝加哥沒那麼壞嘛！」他把槍給我。金倒退了一步，我移動身體不讓別人看見。

「沒關係的，金，」卡洛斯說：「只是玩具而已。」

卡洛斯把槍塞進我手裡。塑膠感覺很輕，溼溼黏黏的。

「玩吧，傑若姆。」

「不要。」我縮回手。

「很好玩的，你可以嚇跑壞蛋。金，你不會相信我們今天做了什麼。」

「別說！」我不希望金知道發生了什麼事。

「明白了，抱歉。」他湊近了些，低聲說：「我只是想跟你道謝，傑若姆。你幫了我很多。好東西就要跟好朋友分享。你可以明天再還我。」

卡洛斯是認真的。他看起來很像老鼠，迪士尼卡通裡最好的那種，集好奇、樂於助人和憂心忡忡於一身。

金瞪著我，她的眼神在告訴我：「不，別這麼做。」

天空烏雲密布，沒有一點雪，地上只有一堆堆骯髒的冰。學生叫著喊著衝出學校。對街有幾個毒販，艾頓校長注意看著他們。沒人接近我、卡洛斯和金。

我研究那把槍。

槍體的黑色很顯眼，怵目驚心。

我一向很乖（捉弄金不算）。我會說奶奶想聽的話，安慰她和媽，幫忙看顧金，麥塊只玩一小時（好吧，有時兩小時），乖乖寫功課。就連邁爾斯先生沒有要求我歡迎新同學（他是要求全班），我也表現得很友善。我就是個聽話的傻瓜，我為什麼不能找點樂子，假裝自己是電影《星際大戰外傳：俠盜一號》裡的反抗軍？

更棒的是可以嚇嚇艾迪——要是他想在回家的路上伏擊我，或是明天在上學的路上突擊我。憑什麼我一直是擔驚受怕的那一個？

「這只是玩具而已，」我低聲對金說：「不能做什麼壞事。」

槍放在卡洛斯棕色的手掌上。

我的頭很痛，肚子也痛。

「奶奶和媽不會喜歡的，爸會氣瘋了。」

怪了，金的話讓我更想要那個玩具了。

「沒關係，」卡洛斯說。在冷風中，他的氣息凝成了白霧。「沒關係，」卡洛斯轉身將槍塞進口袋。

我抓住他的手臂，「我想玩。」

卡洛斯咧嘴笑了，偷偷把槍塞給我。「再見！」他小跑著說，接著全力跑開了。

我抓住槍的握把，它很堅實，有著稜脊，槍管不能動，但扳機可以扣，好像真槍上膛開火一樣。我低頭看著圓形的槍口，裡面沒有任何塑膠子彈，我雙手顫抖了。我抬起頭，細小的雪花飄落下來，我哆嗦了一下。

它不過是個玩具，我幹嘛要怕一個玩具？

「我交了一個朋友。」我對金說，好像這就解釋了一切。

她怒目看著我，然後開始走回家，她的嘴唇緊緊抿成一條薄薄的細線，像媽生氣時一樣。

「今天真是好日子，」我說：「我沒被打，沒有受到傷害。」

「今天真是好日子，我交到一個朋友。」

我喋喋不休。金雖然是我的妹妹，但她很有生存智慧，善解人意，知道輕重。她知道我在學校的日子有多孤獨。她知道我在懇求，無言的懇求：別告狀，別告狀！別去告訴媽或奶奶，尤其不能告訴爸。

她把她的手滑進我手中，我知道我安全了。我們一起走回家，我的左手感覺到金手套的溫暖，我跟卡洛斯一樣，沒有手套。

我的右手緊握著口袋裡的塑膠，它火燙燙的。

死後

預審
芝加哥法院大樓
四月十八日

「你射殺了一個小孩，你驚訝嗎？」

「已經問過並且回答了，庭上。」辯護律師說。

「那我換個方式。你為什麼會驚訝？」檢察官冷靜的問：「你看不出男孩和男人的差別嗎？」

「是的，當然。我是說……當時天色很暗。」

「大白天。」

法官的臉像一張面具，她的頭髮是銀色的，她仔細端詳著摩爾警員。

摩爾警員嚥了嚥口水，「是的，大白天。他塊頭很大。」

「比別的十二歲小孩要大？」

「是的，比較大。」

「你有偏見嗎？」

「沒有。」

「騙子！」有人叫道。

「安靜。」法官敲了一下木槌警告。

我看著法庭另一頭的莎拉，她眼睛睜得大大的，手肘撐著膝蓋，兩手抱著頭。我站在她父親身旁，研究著他。

「你聽過種族偏見嗎？」

「沒有。」

「聽過偏見會影響你的思想和行為嗎？不管是有意識的心知肚明，還是無意識的？」

「我不是種族主義者。」

「可能你是對『黑人就是塊頭大、危險、具有威脅性』這種無意識的刻板印象做出反應？」

「不是。我只依正當理由行事。」

「你女兒有多高？」

「反對。」坐著的律師說。

「反對有效。」法官回答。

「我換個方式問。如果我告訴你，傑若姆．羅傑斯，也就是被你殺死的男孩，還不到一百五十公分高、四十公斤重，你會不會感到很訝異？」

摩爾警員很訝異。

莎拉把手掌緊緊壓在耳朵上，低下了頭。她看不見她父親在緊張的扭動，我可以。

然後，輪到我訝異了，那個鬼男孩坐在莎拉身旁，他試圖握住莎拉的手，她沒有退縮，兩隻手沒碰到，沒辦法，他是死人，而她是活人。

莎拉可以看見我們兩個。

鬼男孩將他的手伸向我，好像我該握住它？該心存感激？

我退縮了，我該怎麼辦？這到底是什麼意思？

摩爾警員的胖臉律師請求午休，法官同意了。有幾秒鐘的時間，她閉上了眼睛。我想，莎拉能不能看見我和鬼男孩無所謂，唯一要緊的是法官能看出莎拉的爸爸在說謊。

大家排隊走出法庭。爸扶著媽和奶奶。摩爾警員將手放在他太太背上，引導著她。

我沒動。莎拉和鬼男孩走出法庭時，回頭看了一眼死去的我。

迷失

「妳今天看見他了，是不是？」

莎拉沒有表現出驚訝的樣子，她知道我在說誰。

「他說了什麼嗎？」

她搖搖頭，她的腳懸在床邊。「我想我能看見他，也是有理由的。」

「我希望妳趕快弄明白。」

「你為什麼？」

「什麼？」

「看得見他？萬一不是因為你——」

「別說。當然是因為我死了。」然而當我這麼說的時候，我也是感覺還有另一個理由。

樓下傳來甩門的聲音。莎拉的爸媽在吼叫。玻璃碎裂。

「我爸被停職，」莎拉低聲的說：「快把他搞瘋了。」

「他還領薪水嗎？」

「是啊。」

我握緊拳頭。「我爸不會介意光領錢不工作。」

莎拉的眼睛充滿了淚水。

「對不起。」我說，雖然我不覺得抱歉。莎拉不笨，但就算我活著，我們也不會活在同一個世界裡。她的世界是幻想世界，就像電視裡那種家庭，有好大的房子、很多錢和食物。

貧窮卻是真實的。我們教會有一個公益食物分發站，還有給冬天供暖用的救急金。去年媽闌尾炎，病假用完之後，我們就領到了麵包、花生醬和蘋果醬。

爸知道摩爾警員因為殺了我，不用工作還可以領薪水嗎？我想要踹東西、尖叫、崩潰，但又有什麼用？

莎拉的爸爸射殺了我，這是真的。

莎拉卻相信他沒有說謊。

我的手指拂過書背。我打開幾本書，裡面有貼紙寫著：

這本書屬於

莎拉．摩爾

金會喜歡這裡。她所有的書都是從圖書館借的，她會喜歡擁有一本上面寫著她的名字：

金・羅傑斯

聲明這本書是她的。

莎拉有一本書的封面上有個男孩在飛翔，他後面有個剪影，手臂張開，腳尖往下指，身體飄浮在風中。

《彼得潘》。

「這本書好看嗎？」

「最棒的！」

我翻開第一頁，讀到第一行：「所有的小孩都會長大，只有一個例外。」

我皺起眉頭：「怎麼了？他死了嗎？」

「沒有，」莎拉的臉紅了起來，「他沒死，只是永遠是小孩。他想要永遠當小孩。」

這些話好像咒語一樣，鬼男孩突然出現了，就像這樣，原本不在這裡，然後就在了。

我變，我變，我變變變！

天啊，他的眼睛好大，像可以淹沒人的兩汪黑色潭水。他打著黑色領帶，戴著寬邊帽。他有胖嘟嘟的臉頰和酒窩。

「你看起來好像花栗鼠喔！」我說。

莎拉吃吃的笑了起來，那男孩也笑了，一種渾厚低沉的咯咯聲。「誰想要永遠當小孩？」他問。

我和莎拉看著鬼男孩，三個孩子，其中兩個是死人，在談論《彼得潘》。太好笑了，太愚蠢了，太好笑了。

我不那麼孤獨，不那麼害怕，不像跟家人在一起那麼悲傷了。

也許死掉本來就不真實？也許這是我的幻想？也許我在做夢？或是困在一本故事書裡？

我脫口而出：「我一直想要長大，當小孩實在太爛了，每個人都告訴你該怎麼做，一直努力想乖乖的，逃離霸凌、逼迫我的一幫人，還有收銀員老以為你想偷東西。」

「我將來要當——」我抿抿嘴唇，「籃球運動員，投漂亮的三分球。」

（不用管我有多矮。）

Peter

「我要當棒球選手，」鬼男孩說：「就像芝加哥小熊隊的第一位非裔美國選手歐尼・班克斯一樣。」

「大聯盟現在有更多非裔選手了。」

「那時沒有。」

「那時是哪時？」莎拉問。

「一九五五年。」

屋裡的空氣被抽乾了，莎拉粉紅色的牆壁開始讓我想吐，就連鬼男孩紙一樣薄的衣服和皮膚都發出粉紅和黃色的亮光。

「你死了……好多年了？」

「幾十年了。」

真希望我能哭，真希望屋裡沒有另一個鬼男孩跟我在一起，要是我能活著，我不會介意永遠當小孩子，我不會介意我不能長大。

我用手指描繪著封面上彼得的剪影，他真的在飛翔。

我以為我可以用飛的逃離子彈。

鬼男孩同情的看著我。

莎拉的眼睛裡充滿了淚水。

「別可憐我！」我厲聲的說。莎拉讓我很沮喪。

「也許我可以幫助你，幫助你們兩個？就像溫蒂幫助彼得一樣。」

「彼得是白人嗎？他是白人，對吧？」我怒極了，咄咄逼人的問。

莎拉疑惑的看著我。

「妳將來想做什麼呢，莎拉？」我吼道：「妳是唯一一個會長大的！」

鬼男孩碰碰我的手臂，我很驚訝竟然感覺得到。

他的手很溫暖，具有安撫力，同時又很緊繃，控制著我。

「這不是莎拉的錯，」他說：「莎拉可以改變一些事，她也正在改變。

我就是來這裡幫助你們的。」

「你沒辦法幫助我。」我母親、我父親、我妹妹，都沒辦法幫助我。

「我想接受現實，展開新的一頁。」好了，我終於說出口了。「我死了。我不再在乎我為什麼死的，我只想往前走，遠離我家人的痛苦，遠離妳，還有你。」我對莎拉說。

「我爸爸為什麼射殺你，這很要緊。」

「為什麼？這樣妳可以好過一點？」

莎拉開始哭泣。我覺得自己像我痛恨的霸凌者。

「我想往前走，」我執拗的說：「我為什麼還沒往前走？」我問鬼男孩：「你又為什麼還沒往前走？你也被困住了嗎？」

「我想給你看一些東西。」鬼男孩張開雙臂往窗口走去，感覺他好像一陣輕風引導著我，莎拉也可以感覺到嗎？

我們三個站在窗邊，看著夜幕籠罩的世界。

「看！」

一個影子，接著另一個、另一個、另一個、另一個……成百上千的鬼男孩靜靜的站在那裡，抬頭看進窗戶，看進我們的靈魂。

我還有靈魂嗎？

「我不明白。」

「這些是你的……我們的族人。」

莎拉倒抽了一口氣。

我一拳捶在牆上，什麼都沒發生，沒有龜裂或油漆剝落。

「黑人男孩。」莎拉輕輕的說，然後用手摀住了嘴巴。

「真是太慘了。」

「這些是跟你和傑若姆一樣，被殺害的小孩？」莎拉問。

鬼男孩點點頭。

我轉身背對他和莎拉往下看，好幾百個影子男孩，讓人心痛的一群。他們站在草坪上、街上，抬頭向著我。

所有的小孩都會長大，只有一個例外……

「為了長大，我願意不計一切代價。」

莎拉把臉埋在蓬鬆的枕頭裡。別哭了，我很想大喊，但我只咕噥了一句：「妳的床很棒，很漂亮。」善良是自然而然的——真蠢！我一直努力要善良，但我得到了什麼？

我愈來愈生氣，終於爆發了。我的手碰到書本，《彼得潘》飛過房間，撞上牆壁，掉在地板上。

「莎拉，妳沒事吧？」樓下傳來呼喚。

「我沒事，爸。」

莎拉的眼神又不一樣了，再次變得害怕、緊張。

鬼男孩搖搖頭，彷彿對我很失望。不公平，我心想。我大吼：「我為什麼需要一個白人女孩來幫助我？」

「你說得沒錯。但也許你應該要為莎拉做點什麼？」

「不，不，這太奇怪了。她爸爸殺了我，我還要去幫她？你到底是誰啊？」

「愛默特，愛默特・提爾。」

我想起爸在大吼：「兩個成年男人，都有武裝，會被一個男孩威脅？」

奶奶在大叫：「愛默特，就像愛默特・提爾一樣。」

「你就是那個芝加哥男孩？跟我一樣被謀殺的？」

「一九五五年，在南方。」

「大家都知道那時南方很危險。」

「現在還是。」愛默特回答。

莎拉把下巴靠在胸前。

我滿心反感，現在輪到我消失了，愛默特比我還蠢笨。

我不在舊時的南方。我在北方，在離家五條街的地方玩耍。

我為什麼死了？

我不該死的。我不該。

真實

真實是高中畢業。
真實是或許去上大學。
真實是找到工作。不過，我不會像我爸一樣當清潔隊員，或許當電工？或是業務經理？（當總統是不切實際的幻想，當籃球運動員也是。）
真實是賺足夠的錢，幫我父母付清房貸，幫金買很多很多的書，但不要《彼得潘》。

真實是我有一個女友。（可能啦！）

我坐在教堂臺階上，愛默特坐在我身旁。飛蛾搧動著翅膀在街燈下盤旋，月亮快圓了，螢火蟲閃動著微光。

像這樣坐在一起，別人會以為我們是好哥們——要是他們能看見我們的話。

要是他們能看見我們的話，他們或許會看見我是怎樣被暴力殺害，怎樣悲傷得不能自已。

他們或許會看見愛默特沉默的低著頭，將手臂搭在我肩上平撫我的顫抖，但無濟於事。

死亡太過真實。

「對我來說，棒球是真實的。」愛默特低聲說：「砰！我喜歡球棒擊中球的聲音，喜歡跑完全部壘包滑進本壘。」

今晚感覺不太一樣，愛默特有話要說，我不能不聽著。

正如我不能不知道悲傷有一種氣味，是個充滿霉味的櫥櫃，裡面有著腐爛的食物和蛆。

「真實，」愛默特說：「是去上大學。我母親是優等生，是第四個從她學校畢業的黑人小孩。她後來當了老師。母親說過：『你要比我更好。要當校長、律師、醫生。』我在背後交叉食指和中指（說謊時做的動作），答應說：『好的，媽媽。』」愛默特輕笑著說：「其實我只想當棒球球隊的游擊手。」

我刻薄的說：「現在沒人打棒球了啦！黑人小孩都打籃球，想當喬丹、詹姆斯、柯瑞。要是不會運球、投籃，那就太遜了。」

愛默特嘆了一口氣，鬆開手。「這些名字我都不知道。」

其實我籃球打得很爛。現在倒是愈來愈會欺負人了。

真希望我不要還能有感覺，對另一個鬼魂感到抱歉，這感覺真是太糟了。

愛默特咕噥著：「棒球、籃球，沒有多大不同，是不是？是時代變了。」

「是人們需要改變。」

愛默特點頭同意。「人們改變了，卻改變得不夠，又或許，人們改變了，然後忘了已經改變，又不斷傷害。」

「芝加哥以前沒那麼危險，但我母親還是很嚴格。她說『家庭和宗教信仰』才是重要的。在我得小兒麻痺症的時候，這點很有幫助。」

「小兒麻痺症？那是什麼？」我很氣惱自己竟然不知道。

「肌肉像果凍一樣，麻痺無力。我走路會跛，講話也結巴，我會發出口哨聲，尤其是要發『ㄨ』這個音的時候，ㄨ……ㄨ……ㄨ……我，想要正確的說出這個字，是最困難的。」

「你是怎麼死的？」我直直的看著愛默特，看進他的眼裡。他有一種溫和的氣質，很像一個穿著廉價西裝的小老頭；在現今的學校裡，他會遭到比我更嚴重的霸凌。

「現在還不是時候。你還沒準備好。」

「我真不敢相信。你知道我的一切，我卻無法了解你。」

愛默特垂下了頭。他的帽沿甚至沒在地上投射出影子。

「夏天，母親希望我跟她一起去內布拉斯加州。」他輕輕的說，並沒有抬起頭。「我沒去，我去密西西比州看我表兄弟，我應該去內布拉斯加的。」

我等了又等，沒別的話了。

「就這樣？你要說的就這些？太扯了。」

「相信我，傑若姆。涉拉能看見你，這點很重要。」

「那我就應該要幫助她？」

「你有更好的事可做嗎？」

問倒我了，完全沒有。

我和莎拉

預審有休庭，真好笑，好像法官和律師要休息到外頭玩似的，是要打躲避球，還是玩奪旗橄欖球？

預審只有一天，但感覺像是永遠般漫長。被談論是滿可怕的一件事，媽在哭泣；奶奶低聲的說「發發慈悲吧」；爸在摩拳擦掌；穿著藍色西裝的律師在爭吵；法官除了輕輕瞇了一下眼睛之外，表情從未改變。

摩爾警員的太太在法庭裡，而金不在，我很高興。

外面馬路上，好幾千名抗議者在跺腳、喊叫。有些人在反覆唸誦：「沒有正義就沒有和平！」他們舉著標語牌：為傑若姆伸張正義、黑人孩子的命也是命、保持覺醒、我兒子會是下一個嗎？

警察戴著頭盔，拿著塑膠盾牌，有幾個騎在馬上。國家廣播公司、美國廣播公司、福斯等電視新聞臺全都有帶著天線的轉播車，還有衣著光鮮的記者對著麥克風喋喋不休。

爸、媽和奶奶由曼尼叔叔和松頓牧師護送回家了。

今天待在莎拉房間裡要比待在別處輕鬆得多。

來找莎拉可以克服一點寂寞，有時她跟我說說話，有時她知道我想要安靜。

她也想要安靜，抗議者在她家外面站崗，她把窗戶都關上了；她的世界天翻地覆，我明白，莎拉的情況幾乎跟我一樣糟糕。

「看見我的怎麼會是妳，而不是妳爸？」

莎拉沒有回答。她全身顫抖。要是我對我爸有所懷疑，我也會很激動。

「愛默特說我應該幫助你，」她把雙手握成拳頭，「我也不知道為什麼要聽他的。」

「我想也是白人殺了他。」

「警察？」

「我不知道。」

我沉默的蹲著。畫面像「手翻書」做成的動畫那樣，快速閃過我的腦海。我，在玩耍，轉身，倒下。

「妳說我在新聞裡面，妳認得我的照片。」

「就只有照片而已。我父母不希望我讀到或看到。」

「看到？」

莎拉睜大了眼睛。「影片！」她醍醐灌頂般吸了一口氣，「也許會有影片？」

要是有影片，她一定立刻就知道她爸在說謊了。

她站在電腦前面。

「莎拉，也許妳不該……」

她輕輕敲下一個鍵，螢幕亮了起來。

「也許妳該聽妳父母的話？」不知道我為什麼要這麼說，真瘋狂，一部分的我不希望看見莎拉受到傷害。

「我想要看。」她堅決的坐進椅子，打出我的名字，一頁頁的文章、連結出現了。

她點擊下去。

兩秒鐘，就這樣，僅僅兩秒鐘。

我，站著；一輛警車，快速移動。

我轉身，跌下去。槍掠過畫面。我流血了。

「爸爸沒有警告你？他沒有說『不准動，這是警察』？」

我們看著無聲的螢幕，影像有如鬼影般一閃而過，我們動也不動，我沒有呼吸，莎拉屏住呼吸。它像電影一樣，我在電影裡面。

莎拉呼出一口氣。

「妳爸和他的伙伴就只站在那裡。」低頭看著我。電腦上的鐘發出喀的一聲，一分鐘，一秒鐘、兩秒鐘……又一分鐘，另一分鐘，然後又一分鐘。

看著我自己，我想起，躺在地上感覺背部在燒灼，而我的臉頰冰冷，很痛，我無法轉頭去看卡洛斯的玩具是不是在我右邊。

我無法抬頭看天空，但我能聽見聲音，尤其是媽和金的尖叫；我看見黑色的靴子，看見汙泥和雪。我希望奶奶抱著我。

莎拉往下捲動視窗，一行行文字在螢幕上升起。

「這篇文章說急救護理人員來得太遲。」

看見垂死的自己，我的思緒快速飛轉。影片是誰拍的？為什麼他們不幫我？為什麼不打電話報警？你能報警來抓警察嗎？

盯著電腦，我看得出自己是什麼時候死的。

就像裊裊上升的輕煙，我的靈魂離開了。

莎拉的臉一片慘白。「我很抱歉，傑若姆，非常非常抱歉。要是可以，我會擁抱你，讓你活過來。」她身體往前傾，好像以為自己可以碰到我，好像她在渴望、需要連接。

我看得出來，莎拉永遠改變了。

她喃喃的說：「他沒看見你。我父親沒有真的看見你。」

「那他看見妳了嗎，莎拉？他帶妳去溜冰了嗎？」我諷刺的問：「有嗎？還是他就是自私，只為自己感到遺憾？」要是我活著，一定臉紅了，「對不起，我太刻薄了。」

「沒關係，傑若姆，我了解。」她靠近了些，我聞到一股紫丁香的氣味。

她真的了解，我眨眨眼，從眼角餘光中，我好像看見了愛默特，一個影子的輪廓。一陣微風吹動了窗簾。

真希望我可以被擁抱，也可以去擁抱莎拉。

預審
芝加哥法院大樓
四月十八日

「妳是那天接到九一一（美國的緊急報案專線）電話的接線生嗎？」

「是的，是的，我是。」

九一一的接線生一頭紅髮，戴著黑框眼鏡，看起來像是大學生。

她緊張的絞扭著雙手。

「打電話的人有沒有表明自己的身分？」

「沒有。」

「打電話的人說了什麼？」

「一個男孩，不，一個男人，在公園裡，帶著槍。」

「文字紀錄上寫著『玩具槍』。」

「是的，玩具槍。」

「妳有告訴趕赴現場的警察這一點嗎？」

「沒有。」

「為什麼沒有？」

「反對。」檢察官說。

「為顯示其可信性。」律師說。

「回答問題。」法官堅持。

「我不知道。我不知道。我不知道為什麼沒有說『玩具』。」那女孩坐立不安。

「妳知道在克里夫蘭，塔米爾・萊斯也是因為警察誤以為他的玩具是真槍，而被射殺的嗎？」

「我反對。」

「反對有效。」法官敲敲木槌。

「沒有問題了。」律師說。

「可以離開了。」法官對那個女孩說。

希望她能聽見我低聲的說「抱歉」。她說不說「玩具」，不會有任何差別。

民權

莎拉的學校比我的學校好太多了，我是說，比我生前唸的學校好太多了。她的學校有樹木、田徑場、籃球館和足球場；我的學校有鐵絲網圍籬，還有我可以跑步、打籃球的混凝土地面。她的學校主要是白人，我的學校主要是黑人和西班牙裔；她的學校有圖書館，裡面有電腦，我的學校連圖書館都沒有。

死了以後，我看見好多之前沒見過的地方，看見了不是大樓式集合住宅的家，還有我從來想像不到的好學校。誰知道學校會有電腦和科學實驗室？圖書館裡有鬆軟的靠墊和沙發？

我不會介意去唸莎拉的學校，要是我唸莎拉的學校，我永遠也不會遲到或裝病。我想我生前唸的學校裡，沒有學生會介意一所漆成天藍色、有著明亮燈光和乾淨走廊的學校，即便是愛鬧事的學生也不會。

脖子上掛著眼鏡的圖書館員和氣的向我們走來。她停下腳步，臉上有點困惑，然後繞過我，握了握莎拉的肩膀，「妳不是應該在上課嗎，莎拉？」

莎拉沒有回答。

「妳還好嗎？」名牌上寫著「潘妮小姐」的圖書館員鼓勵莎拉坐下來，「我打個電話到校長室，讓她知道妳在這裡。」

「不，等一下。」

潘妮小姐一屁股在孩童尺寸的椅子上坐下來，身體往前傾。「妳想找輔導老師嗎？我可以打電話給史帝芬先生。」

「不用，我只是想坐一下。」

潘妮小姐靠了回去，「妳想坐多久就坐多久。」

「永遠怎麼樣？」

潘妮小姐拍拍她的手，「我想妳會肚子餓，還會很無聊。」

莎拉忍不住咯咯笑了起來，我也覺得輕鬆愉快。我已經很久沒聽見笑聲了。莎拉止住了笑。「班上有些同學談到我爸爸是多好的一個警察。他是好警察，但如果他殺死一個小孩，他就不再是了，對吧？」

潘妮小姐什麼都沒說，只是擁抱著她。

「問她有關愛默特的事。」我低聲的說，雖然無論如何潘妮小姐都聽不見。

「潘妮小姐，妳聽過愛默特・提爾嗎？」

「唉！那是一件讓人難過的案例。」她失神的盯著前方。「妳可以等長大一點再研究。」她用平板的聲音說。

「為什麼不是現在呢？」

我真以莎拉為傲。對啊，現在有什麼不行呢？

「當妳學到更多『民權』時，妳就會知道愛默特了。」

「那是什麼時候？」

「這個嘛，」潘妮小姐慌亂的說：「要一點一點慢慢來。在黑人歷史月的時候，歷史課或社會研究就會學到。」

「我都七年級了，還沒學到愛默特．提爾。」

「也許妳不該知道這些，至少目前不適合。成年人殺害小孩是很可怕的事。」

「像我爸爸嗎？」

「噢，莎拉，我不是這個意思——」

「但這是真的！」我對著圖書館員的耳朵大吼。「成年人殺害小孩是很可怕的事！」

莎拉看看我，再看著圖書館員。「傑若姆死在芝加哥城裡，正是愛默特出生的城市。」

「沒錯。但愛默特．提爾是六十年前在密西西比被謀害的。」

「所以有什麼不同？」

「愛默特的死造成了很大的影響。他的死開啟了非裔美國人的民權運動。」

「妳是說像美國民權運動領袖馬丁路德．金恩？」

「是的，但還有更多。『布朗訴教育委員會』訴訟案的反學校隔離（注一）、反火車和公車隔離。妳聽過羅莎．帕克斯（注二）嗎？華盛頓大遊行

（注三）？還有投票權利法案（注四）？還有更多更多，莎拉。」

「妳是說傑若姆的死就比較不重要嗎？」

「不，不，我不是這個意思。民權運動剛發起的時候，我還是個小女孩，就跟妳現在一樣。我家是猶太人，我們知道歧視是什麼。各式各樣的人都在為改變而奮鬥。」

「一九五五年時，提爾太太非常非常勇敢。她堅持要將兒子愛默特的棺木打開。她寫道：『讓世界看看我所看見的。』」

「我可以看嗎？」

潘妮小姐大吃一驚。她閉上眼睛，嘆了一口氣。「與其詛咒黑暗，不如點燃蠟燭。」

「什麼意思？」

「一句諺語。意思是我要給妳看一張愛默特‧提爾的照片。我看見這張照片時，年紀跟妳現在一樣大。」

潘妮小姐在電腦的搜尋框裡打下「棺木」和「提爾」，點擊送出。

我轉身離去，我不想看。死就死了，死成什麼樣子也無所謂了。我走出圖書館，沿著走廊穿過大門。

今天陽光燦爛。

我聽見莎拉在啜泣。「噢，噢，噢……」一遍又一遍。

注一：一九五四年，美國最高法院裁定：該案中，原告起訴公立學校進行種族隔離違憲成立。

注二：羅莎・帕克斯是美國民權運動之母。因她被捕，一九五五年，阿拉巴馬州蒙哥馬利市的黑人公民以全面罷乘來反對公車上的黑白隔離措施，長達一年，直到當地有關公車黑白人種隔離政策的法規廢除為止。

注三：一九六三年，美國華盛頓特區的林肯紀念堂廣場聚集了二十五萬名群眾反種族隔離。馬丁路德・金恩博士發表著名的演說「我有一個夢想」，成為民權運動的高峰。

注四：一九六五年，「投票權利法案」禁止在投票過程中剝奪美國黑人投票權的種族歧視。

遊蕩

新葉在萌發，我走著，走著，走著，至少感覺像在走路。

我漫無目的，四處遊蕩。

我為什麼還在這裡？但又不在這裡。我走在人群中，明明是隱形的，大家還是讓出空間給我，好像我空氣的重量是有形的、真實的。

我死了，我在走路，而活著的人在說說笑笑，擬定各種計畫。

愛默特走在我身旁。就這樣，砰，本來不在的，然後就在了。他在我身旁，微笑著，我真想揍他。

我不想認識一個六十歲的鬼。

我想回家，但家已經不再是家了。

如果我能等待，或許可以看見我的家人在沒有我的情況下慢慢快樂起來，但我不想等那麼久。

我不想感覺到自己愈來愈少被想起，這會發生嗎？

希望不會。

希望會，我不希望爸、媽、奶奶和金因為我而永遠不快樂。

我愈走愈快，就像風中的一縷輕煙，要是我還活著，現在就會慢跑，狂奔。

愛默特趕上我。我很氣，愈來愈氣。「別煩我！」我大叫：「走開。離我遠一點。」

我猛然停住，要是我們還活著，愛默特和我就會撞在一起。

「我們為什麼被殺？」我大吼。

「對啊，為什麼？」

另一個鬼魂走在前面，他穿著一件灰色的連帽衫，像蜻蜓點水般忽左忽右，優雅的移動著。

「那是誰？」我問。

「大約六年前被殺的，在佛羅里達。」

「嘿，小鬼，」我喊道：「嘿！」

他繼續走著，在我前面哼著爵士樂。

我想到的只有：彼得潘爛透了。

預審

芝加哥法院大樓

四月十八日

莎拉的父親被叫回法庭作證，穿著制服的他看起來很嚴厲，但看起來也備受打擊，筋疲力盡。他的嘴角下垂，眼圈發紅，我幾乎要同情他了。

我站在後面的雙扇門附近，很想逃走，卻又不由自主的留下來。

愛默特不見了。

莎拉坐在她媽媽旁邊，我看著她的後腦勺、她的褐髮，心想：看著我，看著我。她沒有回頭。

媽把頭靠在爸肩上，奶奶在無聲的哭泣，碩大的淚珠濡溼了她的臉。

檢察官走近摩爾警員，面對面的問：「你有沒有表明自己是警察？」

「沒有。」

「你有沒有命令傑若姆・羅傑斯放下槍？」

「沒有。」

「叫他舉手？」

「沒有。」

「你是否在巡邏警車完全停下來之前，就從車裡開槍了？」

「我不知道。」

「是或不是？」

「我想是吧。」摩爾警員垂眼看著下方，好像答案寫在手上。是。不是。

「是。」他直直看著檢察官，「他揮舞著槍。警車就像棺材一樣，我必須作出反應。」

「傑若姆受傷躺在地上時，你有作出反應嗎？你有給予救援嗎？」

「沒有。」

「心肺復甦術？」

「反對！」辯護律師大叫。

「反對成立。」法官回應。

「打九一一？」檢察官堅持。

「反對。」

「反對成立。檢察官，我要因藐視法庭而傳喚你。」

「抱歉，庭上。我只是就不合理的缺乏救援尋求澄清。」

「反對。」辯護律師咆哮。

法官正要敲下木槌，摩爾警員嘶啞的回答：「沒有。沒有救援。」

法庭裡一片譁然，一團混亂，莎拉和她媽媽緊緊擁抱彼此。媽渾身顫抖，癱倒在爸身上，爸努力把她扶起來。我看得出來他努力要堅強起來，努力要安撫媽和奶奶，就像我一直努力在做的。

三件好事不能說，說了也於事無補。

「休庭。我們明天早上九點再開始。」

憤怒爆發成颶風般的漩渦。莎拉把臉埋進她母親的腿上。

我無法幫助奶奶和爸媽。

我走出去，消失了。

卡洛斯

從一月以來，奶奶就陪金走路去學校，卡洛斯會在階梯上和她們碰面，再陪金走進去；放學後，卡洛斯再陪她們走回家。幾個月來，他們就這樣走著，成了例行公事。

卡洛斯是一個很好的大哥哥。他不是我，但總比沒人好。

奶奶和金兩個人都瘦了，奶奶似乎老了很多，而金幾乎沒有笑過，除了卡洛斯開玩笑時，或是給她一些圖片，或是口香糖、紫色的棒棒糖等小禮物。有時卡洛斯會做側手翻，金就咯咯笑起來。

他告訴她聖安東尼奧的事，「永遠陽光普照，從不下雪，藍色的天空萬里無雲。沒有摩天大樓，不像芝加哥。」他穿著運動鞋，手舞足蹈，蹦蹦跳跳的倒退著走，一邊興奮的說個不停。

「聖安東尼奧河緩緩的流過市中心。那一帶叫做『河濱步道』，週末會有派對，有些人坐著小船，有些人在河邊吃吃喝喝，有爵士樂、流行音樂、墨西哥街頭樂隊，各種各樣的音樂。」

金停下腳步，將背包換到另一邊，奶奶歪頭看著她。

「你會回去嗎？」

卡洛斯的笑容消失了，他正色的說：「不會。現在芝加哥就是我的家。」

金笑了，然後開心的往前跑。

奶奶把手放在卡洛斯肩上。「你是好孩子，卡洛斯。你可以自己一個人陪金走回家嗎？」

「陪她走去學校也可以。」

「不，我還沒完全準備好。」奶奶揉揉額頭，「我知道我跟得這麼緊不太好。一步一步來吧。我送金上學，你陪她回家。」

「你信任我？」

「我信任。」

卡洛斯低下頭，腳趾在球鞋裡扭動著，他很自豪。

奶奶拍拍他的肩膀，「傑若姆早該帶你來家裡吃飯的。我不知道他有一個好朋友。你喜歡吃蛋糕嗎？」

卡洛斯沒有回答，只是大喊：「金，等等我。」便向她跑去。

我專注的看著卡洛斯趕上了金。我真的很喜歡他。

他們兩個停下腳步等奶奶。

卡洛斯側身站著，悲傷籠罩著他，我們剛見面時並沒有這樣，他並沒有一副站在墳頭上的樣子。奶奶走近時，他展露出大大的燦爛笑容；現在我知道那是裝出來的了。

要是我瞇起眼睛，可以想像卡洛斯就是我。

預審
芝加哥法院大樓
四月十九日

第二天。

「傳喚摩爾警員回到法庭作證。」檢察官說。

我尋找莎拉，她不在法庭裡，也許她父母認為預審這場聽證會對她來說難以承受。他們在保護她，就像我家人試圖保護我一樣。真希望我能告訴他們，這是沒用的，莎拉已經看見我了，比她爸看得更清楚。

（真奇怪，法庭的長板凳讓我想起教堂裡硬邦邦、光滑油亮的長木椅。）

奶奶有些呼吸困難，媽用手臂環著她，低聲和她說著話。愛默特出現了，他站在奶奶背後，十分神奇的，她呼出一口大氣，呼吸變得順暢而深長。奶奶拍拍媽的手，「我沒事了。」

* * *

摩爾警員快步坐進證人席。這是他第二次宣誓了。

「你是否發誓所說的都是實話？」

「是的。」他回答。他看向前方，目光越過我家人的頭頂。

「你以為被害人，一個小孩，是個大塊頭的男人。」

「反對。這不是問題，庭上。」

「反對成立。」

「你擔心自己的生命安全。」

「反對。這不是問題。重複證詞。」

「反對成立。」法官傾身向前，努力隱藏她的惱火，「你有問題要問嗎，檢察官大人？」

「是的，庭上，我有。」檢察官轉身離開法官和警員。他看著爸，然後又轉身回去面對出庭作證者，嚴肅的大聲說：「這小孩為什麼背後中槍？」

一片嘩然，驚恐，重重的腳步，鎂光燈閃爍。「不准拍照！」書記官堅持。記者喊出各種問題。社運人士要求公平正義。爸媽和奶奶抱成一團在哭泣。

「肅靜，肅靜！」木槌敲了又敲。

摩爾警員的太太閉上了眼睛。

摩爾警員看起來很痛苦，我看見了他面孔底下的痛苦。

影片上顯示出我是背後中槍，大家都知道。這是第一次由檢察官說出來，但莎拉的父母、我的父母、另一位律師，每個人都知道這一刻會來臨。

「他當時正在跑開，你

為什麼要開槍？」

一片死寂，彷彿這一秒是世界上最重要的一刻，答案將開啟宇宙的大門。

「我擔心自己的生命安全。」摩爾警員目光黯淡。

「你發過誓的。」

「我擔心自己的生命安全。」他更強而有力的說。

我要是還活著，一定全身顫抖。

摩爾警員說的（我想）是他相信的事實。

當事實是一種感覺時，它可以既真實又不真實嗎？

事實就是：我擔心自己的生命安全。

漫遊

我家前面長形的泥土帶裡有一些野生的蒲公英，現在已經開出肥碩的黃花，不再只是雜草了。

有一陣子沒見到愛默特了，我如釋重負。我不想見到他，也不想見到莎拉。

我不確定該怎麼幫她，我甚至不確定是不是想要幫她。

大家總是要死者「安息」，我兩者皆無，既不安，也未息。

我四處漫遊，去看一些之前從未見過的地方。有些人住在豪宅裡，花園裡種著黃色、紅色和白色盛開的玫瑰，有貓咪趴在窗臺上。有些房子有上了漆的柵欄，狗狗搖著尾巴橫衝直撞，不停吠叫。（動物都知道我還在這裡。真希望我以前也能擁有黑色拉不拉多或德國牧羊犬那樣的大狗。）

芝加哥比我以為的更美麗，我不知道這裡有那麼多公園，裡面有秋千、溜滑梯、慢跑道和自行車道。我不知道這裡有超過一百棟的摩天大樓，還有林肯公園動物園，裡面有黑白相間的黑腳企鵝。

真希望我可以告訴卡洛斯，芝加哥也有一條河濱步道。母親推著嬰兒車，男男女女穿著黑色緊身褲跑步，河上有人在玩風箏衝浪。真希望我也玩過。真希望我能早點知道，這世界比我家附近要大得多、美好得多。

我已經不再像影子似的尾隨著爸媽了，看著他們像機器人一樣的活動著，實在太痛苦。

就好像他們也被槍殺了，他們不像以前那樣快樂了。

爸媽以前常常笑，玩撲克牌，寵愛我和金。

家裡的情況就更糟糕了，爸經過我關著的臥室門而不入，他上班前也不去看看金了。廚房裡，媽弓著背，很少說話或吃東西，她和爸不再道別，不再親吻、擁抱，只是工作、睡覺。

試圖遺忘。

奶奶和金倒是不介意表達她們的哀傷，尤其是晚餐之後，她們會談論我、哭泣。因為痛苦，她們似乎比較真實，比較活生生。

我擔心爸媽會習慣不去感覺，習慣到有一天真的對任何事都不再有感覺，這會比我死了還要糟糕。

我沿著綠街漫遊。奶奶送金去上學時，我跟在她們後面，然後再尾隨金和卡洛斯回家，來回都會經過綠畝。我兩眼直視前方，不想看見我被殺死的地方。

預審
芝加哥法院大樓
四月十九日

午餐後，大家魚貫走回法庭。摩爾警員坐在他的律師旁邊。檢察官（我猜他是我的律師）獨自坐著。他看來輕鬆自在，似乎信心滿滿的樣子。

法官進來時大家都起立。她的面容並不平靜，眉頭深鎖，嘴脣緊閉，她深深吸了一口氣。

事情有些不對勁。她的眼神很溫和，但開口說話時，聲音卻冷靜得像機器人。

「我再次提醒，這場聽證會並不決定有罪還是無罪，」法官遊目四顧，卻哪裡也沒在看，「而是決定是否有足夠的證據，讓州政府對摩爾警員提出刑事控訴。」

「本事件是不容置疑的悲劇。對於傑若姆・羅傑斯的死，本庭真的深感痛惜，但是……」

每個人都倒吸一口氣，屏住了呼吸。靜止，沉寂，連一隻蒼蠅的嗡嗡聲都沒有。

「司法審判還要考量到警察工作極度艱難複雜。一通九一一緊急電話、一位年輕人拿著一把看起來很逼真的槍、公共安全的顧慮，還有一名警察擔心自己的生命安全，這些都是我要考量的實際情況。」

「本庭判定，沒有足夠證據，以過度暴力、過失殺人或謀殺對摩爾警員提出刑事控訴。」

上學放學

五月了，蒲公英現在變成白色的了，毛茸茸的種子隨風飄蕩，在草地和空地上四處播種。再過六個星期，這學期就要結束了。

每天早上卡洛斯都會和金碰面。

他用西班牙語對奶奶說「妳好」，然後抓起金沉重的背包。

「謝謝。」金有些上氣不接下氣的說。

我跟在他們後面，但今天我驚慌起來了。麥克、艾迪和史耐普像在校門口站崗似的，站在臺階的頂端，其他小孩並沒有要他們讓開，只是成群結隊的從他們身旁繞過。

我很害怕。麥克、艾迪和史耐普從未霸凌過金，但也許現在不一樣了。

我放聲怒吼，沒有反應。我保護不了金。

奶奶也感覺到危險了，擔心的大喊：「金！」

「沒事的。」卡洛斯喊回去。奶奶雙手抱著肚子，左右搖晃。

卡洛斯牽起金的手，他瘦得像竹竿，也沒比金高多少，他連一個霸凌者都敵不過，何況三個。

金小心翼翼的看著卡洛斯，我也是，擔心他會掏出另一把玩具槍。

就算是玩具也會招來警察，讓金陷入危險。我不斷繞著金、麥克、艾迪、史耐普和卡洛斯轉，希望我可以再次活過來，被人看見，希望我可以保護自己妹妹的安全。

卡洛斯站穩腳步，用西班牙語說：「金是我的家人，」他疾言厲色的重複了一遍：「她是我家人。」

艾迪往下走了一步，與卡洛斯面對面。他離卡洛斯和金更近了。

我尖叫起來，沒有人聽見。

艾迪向他們伸出手，「很好，我尊重。」他用西班牙語說，聲音大到每個人都聽得見。有幾個孩子停下腳步來看，其他人則低頭繼續走。「我尊重。」

卡洛斯笑了。艾迪轉頭對金說：「妳哥的事我很遺憾。」

我擔心金會叫他霸凌者，但她很聰明，知道艾迪還是可能為難她和卡洛斯。她只說了句：「謝謝。」

大家都如釋重負的笑了。

卡洛斯和金對奶奶揮揮手。艾迪、麥克和史耐普緊跟在他們後面。小孩都盯著看。

卡洛斯、艾迪、麥克和史耐普，他們四個人一起護送我妹妹去班上。

不見得是新的聯盟，只是休戰。

我坐在學校臺階上哭泣，不是不開心，而是開心。怎麼我死了，日子反倒變好了呢？就連霸凌者都不再霸凌了。

我還在為爸媽心痛時，奶奶和金已經在卡洛斯的幫助下，放下過去，邁步向前了。

日子的確比較好了。

我要什麼時候才會繼續前行？愛默特又要等到什麼時候？其他鬼男孩呢？

我站起來放聲大喊。沒有人聽見我、看見我，我喊了又喊，太不公平了。

學校鐘聲響了。

卡洛斯陪金走路回家。他折下一根樹枝，再對折一次，做成一對鼓棒。他輕敲建築物、臺階和金屬垃圾桶，急遽又快速的啪噠聲。我們兩個都喜歡打擊樂器，也許我們可以存錢去買鼓棒？

金蹦蹦跳跳，手舞足蹈。鳥兒飛快的一掠而過，就連太陽都似乎在微笑。我妹妹再度開心起來了，她大叫：「快一點，再快一點！」我跟在他們旁邊跳舞，他們看不見我。

卡洛斯敲打著街邊一臺廢棄的電視機，塑膠殼發出低沉空洞的聲音，玻璃管的聲音則是又高又尖銳。我妹扭動著掙脫了的背包肩帶，她不斷的旋轉又旋轉。一個老人坐在門前的臺階上拍著手，兩個在前廊摘豆子的婦女笑著叫道：「跳吧，女孩。」其他小孩也跟著旋轉。卡洛斯保持這個節奏，享受著陽光、音樂和活著，我很為我妹妹開心。

金停下腳步。她的馬尾散開了，一隻襪子滑落到腳踝上。她看起來亂糟糟的，但仍然笑著，突然，她的笑容消失了。

卡洛斯停止敲打，大家也失去了興致。兩個女孩回去玩她們的抛接石子遊戲。

「妳還好嗎？」

她一臉嚴肅，緊繃得像我們聽見了屋外的槍聲，或樓上鄰居在吵架。

「你必須告訴奶奶。」

卡洛斯畏怯了起來。他似乎更加局促不安了——又變成了身在伊利諾州的德州小鬼。他將樹枝遞給一個反戴棒球帽的男孩。

「你必須告訴奶奶。」

「好。」

我為卡洛斯感到難過。

不說謊

一堆人坐在我家門前的臺階上，每個人都在說話，小孩、老人、站在角落喋喋不休的男人，我從來不知道大家這麼愛說話。

大家在東拉西扯的時候，街坊就溫暖了，好像由裡而外亮了起來，街上飄著烤肉和蔬菜的香味，每個人都有事要說：

我有沒有告訴你，我的髖關節有問題？我老闆的事？我跳霹靂舞的朋友搬家了？我在卡羅萊納州長大？

我有沒有告訴你……我數學得了優等？我車被搶了？我發現一隻死掉的小小鳥？我有沒有告訴你我為什麼哭？我怎麼受傷的？我怎樣吼叫？我找到了走失的狗？我爸生病了？藍色蠟筆是快樂，橘色蠟筆是悲傷？

我，怎麼死的？

✶　✶　✶

金說得沒錯，卡洛斯必須告訴奶奶他的事，不能由她來說。卡洛斯必須說出來他是怎麼給我那把玩具槍的。

就像愛默特必須告訴我他的故事一樣，但他說我還沒準備好可以聽。這就是我在這裡的原因嗎？為了準備好？

鬼男孩總是縈迴不去，他們一個個現身，有些男孩穿著連帽衫、運動衫、吊帶褲。有一個孩子看起來八歲的模樣，是另一個拿玩具槍的小孩，塔米爾嗎？

整條街擠滿了鬼魂，有些站在活人的前面，或旁邊，或後面。兩個世界，奶奶說得沒錯，「死人、活人……兩個世界很近的」、「每一次道別都並未離去」。

生命雖然結束了，但也並未結束。

安德斯先生的米格魯喬伊吠叫了起來，「噓！」安德斯先生噓牠，喬伊開始嗅聞。

好孩子，好狗狗，我心想。

天空中掛著半輪明月。愛默特出現了。所有的鬼魂都看著他。他是第一個被殺的黑人男孩嗎？我不信。奴隸制度非常惡劣，爸說之後三K黨（注五）就開始動用私刑了。

鬼男孩們點點頭，紛紛後退，互相擊掌，愛默特是我們這群人的領袖，一個奇異的聯盟，成員都很年輕，但是死了。

鬼男孩們。

我現在明白了，並非每一件事都以我為中心。

注五：三K黨是美國一八六五年南北戰爭結束後，由六個南方老兵所成立。他們信奉基督教與白人種族至上，主要活動地區在美國南部，因使用私刑和暴力壓迫其他種族而惡名昭彰。

聆聽

「你到底怎麼了？發生了什麼事？」

鬼男孩都消失了，就剩我和愛默特兩個，彷彿他們都知道愛默特說故事的時間到了。

鄰居都睡了，月光照耀大地，蛾子四處飛舞。明天是倒垃圾的日子，老鼠在垃圾桶裡掏挖，咬穿塑膠袋。我家這一帶很窮困，還被隔離，直到我開始漫遊之前，我都不知道原來這麼嚴重，不知道我是住在怎樣一個危險的地帶。

我只是不明白，為什麼警察要怕我？

「你準備好要聽了嗎？」

我點點頭。

愛默特嘆了一口氣，「去我家吧！」

顫動兩下我們就到了，那是一棟兩層樓的磚房，有著寬而低矮的臺階，還有遮雨棚為門口的平臺擋雨。

「西臥龍區。我母親和我住在頂樓。」

他家離我家不遠。我們這一帶始終這麼窮嗎？

愛默特緩緩的說：「我姨公摩西‧萊特和姨婆伊莉莎白住在密西西比州的孟尼。我的表兄弟寇帝司、威勒和我一直懇求大人讓我們去拜訪他們，我們想跟西米恩、羅伯和莫里斯一起玩。六個男孩，差不多夠組一支球隊了，而且莫里斯還說要帶我們去釣魚。他家附近有四條河，還有七座深潭，你能想像嗎？我想要看遍那些水。

我姨公是佃農，但他住在弗雷德瑞克農場裡最好的佃戶屋裡。那是一間破破爛爛的小房子，有個鐵皮屋頂，但是前後各有兩間臥室，我表兄弟和我睡在藍色的鐵床上，共用箱子裝我們的衣服。我們很開心，並不介意。『那些人窮透了，』母親常說：『所以我才離開密西西比。我不想當摘棉花的佃農。』」

「窮透了。」愛默特重複了一遍，「一間臭氣沖天的戶外廁所，冰箱是用真正的冰塊而不是插電來冰食物。但我喜歡跟我密西西比的親戚在一起，他們可以到處遊蕩，在芝加哥，母親從不讓我遊蕩。」

愛默特仰起頭，我以為他在看天空，但他沒有，他眼睛閉著。一陣顫慄晃動了他的身體。

他看看地下，然後再看著我，他的眼睛像兩汪不斷擴大的潭水，將我拉進去，我快要淹沒了。

「搭了一夜的火車，我在八月二十一日抵達密西西比州的孟尼。八月二十八日，我死了。」

我不再是局外人。我在裡面，在一部老式的黑白電影裡面。

愛默特以讓我感受得到的方式，述說了他的故事。

★　★　★

我站在路邊，看著愛默特活了過來，活在他的舊世界裡。橡樹形成拱頂，柏樹葉子懸垂，草長及膝，烏鴉發出刺耳的叫聲，在天空中翱翔；啄木鳥在啄木，松鼠跳來跳去，愛默特和他的表兄弟在玩。空氣很熱，比芝加哥熱得多，雖然我感覺不到，但我看得見空氣中的溼氣。

每個人都渾身大汗。

愛默特戴著他的寬邊帽，他看起來還是很像花栗鼠，但現在有皮膚，看起來胖嘟嘟的，氣色很好。

愛默特笑著用肩膀輕輕去撞莫里斯。他最喜歡莫里斯了，他是年紀最大的大哥哥，他們半真半假的在摔角。

「來吧！」西米恩叫道。大家拔腿狂奔，一路穿過森林，跑得塵土飛揚，被石頭絆得跌跌撞撞。

大家跑向河邊，愛默特的帽子掉了。

我想大叫：「愛默特，你的帽子！」

威勒指指西米恩，他是年紀最小、個頭最小的一個；愛默特點點頭，然後他和威勒就抬起西米恩，把他丟進河裡。天氣太熱了，西米恩並不介意。羅伯和莫里斯都笑了。

「我們去鎮上吧！」莫里斯轉向愛默特，雙手按在他肩膀上，嚴肅的說：「對白人要說『是的，夫人』、『不是的，先生』。不可以直視任何白人的眼睛。」

愛默特丟出一顆石子，它在水面彈跳幾下後沉了下去。「你又不是我姨公，也不是我媽。」

「別犯蠢，愛默特，這裡是密西西比。」

「我知道這裡是密西西比。」

「如果白人跟你走在同一條街上，你要側身避開。必要的時候站到車道上，讓白人先過。」

愛默特抹掉額頭上的汗，咕噥著：「才不怕白人哩！」

除了我，沒有人聽見。

鎮上也沒什麼，泥土路，木頭人行道，幾家有門廊的店鋪。黑人白人分開，各自在外面下棋、喝汽水，男人穿著牛仔衣，女人穿著花洋裝，兩個黑人女孩在跳繩。陽光亮晃晃的照耀著大地。

最大的一家店是「布萊恩雜貨及肉鋪」。莫里斯說：「這家店主要是賣東西給黑人，白人都開車去格林伍德，那邊的商店比這裡好得多。」

「店裡有賣泡泡糖嗎？」愛默特問。

「小心點，什麼都別說。」西米恩用尖銳的聲音說，他的衣服還溼漉漉的。

愛默特輕蔑的吹噓：「芝加哥就不一樣，我一直都跟白人說話。」

「不，你不可以。」西米恩責備他。

「我偏要，我說給你看。」他向那家店走去。

「不要！」西米恩說。

「以為我會怕嗎？」

西米恩抓住愛默特的肩膀，愛默特把他甩開了。

「不要！」我發不出聲音。蠢蛋，蠢蛋，蠢蛋！愛默特，別犯蠢。

「這裡不一樣，」西米恩疾言厲色急切的說：「告訴他，莫里斯。這裡的人根本不在乎黑人，不喜歡黑人。」

「甚至不認為我們是人。」莫里斯悲傷的說。

愛默特不聽。他走進那家店。

店裡也沒多少東西，一些薯片、一分錢一粒的糖果、冰汽水，還有一袋袋的麵粉、糖、鹽。

一個棕色長髮的女人坐在櫃臺後面的凳子上。她臉色蒼白，塗著紅色的口紅，有一雙褐色的眼睛。

愛默特從一個罐子裡掏出一塊紫色的泡泡糖，然後放了一分錢在她手上。

他走開了，沒看見那女人的憤怒。

我看見了。那是厭惡。

他在門口停下腳步，轉身笑著說：「再見。」

我無話可說，只能大喊：「快跑，愛默特。」像是我努力要逃跑一樣。

西米恩跳上前廊。「你跟她說話？」

「是啊。」愛默特剝開泡泡糖，「我把一分錢放在她手上，然後說再見，就像在芝加哥一樣。」

「把一分錢放在她手上？」

「那又怎樣？」

西米恩像地板著火似的跳了起來，轉身拉著愛默特就往表兄弟那裡跑，他快速的尖聲說道：「講話了，還碰了她。」羅伯在發抖。威勒問：「怎麼了？」寇帝司跟愛默特一樣，嚇得目瞪口呆。

「我們必須馬上走！」莫里斯堅持。

「為……為什麼……怎……怎麼了？」愛默特結結巴巴的問。

布萊恩太太從店裡衝出來，她黃色的衣裙一路拍動。

「她要去拿槍。」西米恩警告。

愛默特震驚到無法動彈。沒有人能動彈，他們全都嚇癱了。

布萊恩太太猛然打開車門，探手進去。

「ㄨ……ㄨ……我……怎麼了？」他焦急到聲音都拔高了，「ㄨ……ㄨ……我……怎……麼了？」

ㄨ聽起來像在吹口哨。

那位白人女士憤怒的瞪著愛默特，好像他是什麼怪物。她以為他在調戲她，對她吹口哨。

人群聚攏過來，都是白人，男男女女，甚至還有一些小孩。黑人則低著頭溜走，消失了，逃跑了。

就算死了，我都可以感覺到、聞到那種危險。

「快跑！」莫里斯尖叫。

「快跑！」西米恩又說了一遍。

愛默特跑了，竭盡所能的跑。

但還是跑得不夠快。

愛默特閉上眼睛，停頓了一下，然後喃喃的說：「我求我表兄弟不要告訴姨公和姨婆。我說『我不想被送回芝加哥』。我那時還小，覺得丟臉，我不知道自己惹上了什麼麻煩。」

「但是你沒有做錯什麼事。」

愛默特幾乎要消失了，然後我看見了他的形狀，變得比較清晰。「重要的是他們，是白人覺得我做了什麼，情況愈來愈糟了，你看吧……」

我看進了他眼裡。

午夜過後，屋子籠罩在一片黑暗裡。兩個白人男子衝進小屋，拔出槍，亮著手電筒逐一搜索每一張臉。大家嚇到驚叫。伊莉莎白姨婆往後面房間跑，他們跟在她後面。愛默特的臉被手電筒的光照到了。

「起來，穿好衣服！」

愛默特嚇呆了，尿溼了褲子。他在睡衣外面套上吊帶褲。

「他只是個孩子，不是本地人。」他姨公不斷懇求：「他不了解。」一個黑色鬈髮、身穿短袖白襯衫的男人把他摔到牆上。「你幾歲？」

「六十四。」

「你再找麻煩的話，就永遠活不到六十五。」

西米恩抓住愛默特的腿，試圖阻止那兩個人把他拖走。第二個人踢了他一腳。西米恩摀住肚子哀號不已。威勒抱住了他。

愛默特尖叫：「媽媽，媽媽！」

他姨公和表兄弟在前廊叫喊、哀求。

愛默特被推進貨車駕駛座，夾在兩個人中間；其中一個人開車，另一個不斷狂揍他。

「給你一點教訓，我要給你一點教訓。」砰！「你講話沒禮貌。」砰！「沒有人可以對我太太沒禮貌。」砰，砰！

愛默特的臉腫了起來。

我不想看了。我退了出來。愛默特分享這個故事多少次了？幾百次？幾千次？我深深吸了一口氣。

看進他的眼裡，我再一次身臨其境，影像轉動了。

塔拉哈奇河泛著銀色的光芒，螢火蟲閃閃爍爍，魚濺起水花躍出河面，抓捕蛾和蚊蟲。愛默特從貨車裡被拖出來。

「媽媽！」

「媽媽也幫不了你了，小子。」

他的拳頭像鐵鎚般落下，愛默特跪倒在地。

黑髮男人抓住他兩條腿拖行，「你敢對我太太吹口哨！」他勒住愛默特的脖子。愛默特掙扎著想打掉他的手，他的腳被叉離了地面。「你以為你是誰？」

眼睛突出，血從嘴裡湧出來，他被丟在地上。

我看不下去了。

但又不能不看。

一把槍。

愛默特沒有動。

看著他倒在地上的身體，我看見了自己。

那個丈夫開了槍，火花飛迸。

愛默特的靈魂升起。

那兩個人用帶刺的鐵絲，將愛默特的屍體緊緊綁在一個大轉輪上，他們把轉輪拖到河邊，推入河裡，看著它沉入水中。

鮮血染紅了河岸，愛默特的帽子靜靜的擱在那裡，神奇的是，它乾乾淨淨，斜向一邊，帽沿朝上。

「我很難過，愛默特，真的很難過。」

鬼男孩們再度現身，在四周徘徊，審視著愛默特的臉，還有我的。

「為了我們全體，」愛默特往外揮揮手，「我們都為彼此難過，有些人不喜歡我們，認為我們是一種威脅、一種危險，會危及他人。」

鬼男孩們點點頭，等待著什麼，我感覺他們是在等我。

鬼男孩們是我新的家人。

這時，我突然感覺到內心深處有一股強烈的衝動、一種確認。

不公不義，悲劇。

我張開嘴，慟哭出聲。我從來不知道自己會發出這樣悲慟可怕的聲音，只有死者聽得見，我的嚎哭聲起起落落，起起落落……

愛默特的心靈與我的交融在一起，我們混聲合哭，「不公平。我死得太早，太年輕。」

鬼男孩們大聲哭喊，重複著：「不公平。我死得太早，太年輕。」

我們哭得筋疲力盡。

✶ ✶ ✶

真實世界沉睡了。也許在某處，有人在唱〈奇異恩典〉。

金在做夢嗎？奶奶在說夢話嗎？我的父母，以及所有被殺男孩的父母呢？他們在安靜的休息嗎？愛默特的媽媽有沒有休息過？她現在死了嗎？

一個又一個，三三兩兩，我的鬼魂族群開始遊蕩。

愛默特喃喃說道：「作見證。」

「什麼意思？」

「每個人的故事都需要被聽見、被感受到，我們跨越時間連結起來，互相尊崇。」

我目瞪口呆的看著愛默特在馬路中間忽左忽右，揚長而去。

我等了又等，等了又等，直到太陽升起，街坊鄰居紛紛醒來。

我感覺自己有一百歲那麼老。我感覺自己剛剛被喚醒。

學校放假了

冬去春來，又到夏天了。

每次我看見黑人孩子，我都會喊：「注意安全喔！」他們從來都聽不見。

我在家附近漫步，納悶怎麼還會有人開心歡笑得起來。街上非常危險，有幫派、惡霸、開車射擊、帶槍的警察。

但大家需要快樂，否則就會「像我一樣」，我大叫。死了，萎靡，被不幸的遭遇弄得頹喪不堪。

不過奇怪的是，我感覺到空氣裡有些異樣，好像有某種轉變，我有必須去做的事。

近來，我一直在我的街上徘徊。夜裡，空地上野生向日葵下垂了，廚房窗口飄出雞肉和甘藍菜的香味。真希望我能夠吃東西、玩耍、擁抱我妹妹、拍拍狗、摸摸貓。

我無休無止的漫遊、觀看，看一個不再屬於我的世界。

卡洛斯想讓我開心。我也的確開心了一下下。

要是早知道會死，我還會成為他的朋友嗎？

老實說，就算沒多久，能有一個朋友還是很好的。

卡洛斯

自從學期結束，自從金說「你必須告訴奶奶」之後，我就再沒見到卡洛斯了。我站在學校臺階上，心裡想著卡洛斯。

一瞬之間，我就置身在一間公寓的臥室裡了。

卡洛斯躺在床上，雙手蓋住眼睛，他沒睡著，他的右腿不時抽動一下，還在抽鼻子。

起風了，吹得窗簾不停飄動。卡洛斯的五斗櫃上放著幾個燭臺、一幅玩具槍的圖畫、一張學校餐廳三明治的包裝紙、一支鼓棒。另一張圖上畫著兩個廁所隔間，我和卡洛斯在裡面，在塑膠隔間板上敲打拍擊，玩著打擊樂。一串黑色的念珠上垂著一個銀色的十字架。還有一張我七年級在學校拍的照片，從《芝加哥論壇報》上剪下來的。

這是一個紀念死者的祭壇，就像奶奶的一樣。只是奶奶有一個豎立的十字架，還有她和蘭尼爺爺的黑白老照片。爺爺過世很久了，我出生時他就不在了，但每個星期天，奶奶都會點上蠟燭，對著爺爺穿著水手制服的照片說話。他戴著雪白的水手帽，穿著喇叭褲，看起來很帥，他有一個寬闊的鼻子和大大的微笑，長得非常英俊。

奶奶會告訴爺爺這一個星期發生的事，她怎樣腳痛，她怎樣想念他，金的拼字測驗考了九十分，我確定她一定也告訴他我死了。

「對著一張照片說話，大家會以為你瘋了。」媽堅決的認為。

JAZZ

真希望卡洛斯會跟我說話。

我集中精神。我曾經移動過莎拉的書，要讓一張紙騰空飛翔能有多難？

很難。

我移動書的時候正在生氣，我現在不再生氣了。

* * *

卡洛斯的房間裡沒什麼東西，就一張床、一個五斗櫃和祭壇。看著他一個人待在屋裡，我滿難過的。真希望他能有些玩具、書和一套鼓。真希望我能把我房間裡的海報給他。

集中精神，我心想，永遠的朋友，始終不變的「阿米哥」。

我報紙上的照片震動了，它升起又落下，再繼續震動了一會兒。

永遠的朋友，始終不變。

那張紙往上升起，飛舞，像羽毛一樣在空中滑翔，然後輕輕落在卡洛斯的肚子上。

他坐起身，握著那張紙，目光在房間裡梭巡，「傑若姆？」

我就站在他面前。

他伸出手。「你原諒我了？」

「卡洛斯，」門打開了，「你還好嗎？」

「是的，爸比。」

他們兩個長得好像，深褐色的眼睛，黑色的頭髮，黑色的睫毛。兩人都不高，但我看得出來，卡洛斯會像他爸一樣健壯。

「去外面玩玩吧，不然我會以為你想回聖安東尼奧了。」

「這裡很好。」

「你還在為那個男孩煩惱嗎？」他指指我的照片。

「不，不再煩了。」卡洛斯的目光越過我，看著後方。「他叫傑若姆，是我的第一個芝加哥朋友。」卡洛斯開始哭泣，喘不過氣來的嗚咽著。

「卡洛斯，怎麼了？」他爸坐在他的單人床上抱著他。卡洛斯把整件事原原本本的告訴了他，害怕新學校、霸凌，還有玩具槍。

「槍？」他爸緊繃著下巴，生氣的推開他。他大大吸了一口氣。我以為他要劈頭痛罵卡洛斯一頓。

「爸比，對不起。真的很對不起。」

他閉上了眼睛。「你不應該害怕去學校。」

「我現在不害怕了，爸比。真的。」卡洛斯安慰他父親。「傑若姆之前幫助過我。現在也是。」他看著我站的地方。

「你早該告訴我你害怕。」

「我不好意思說。」

「永遠不要覺得難為情。你是個好孩子，每個人都有害怕的時候，重要的是你如何處理。」他爸又閉上了眼睛，像是不想看見腦海中的畫面。「出事的有可能是你。」

卡洛斯倒抽一口氣，他沒想過自己會死，他嚇壞了，全身顫抖。他抓住爸爸的手，一隻小手被一隻大手緊緊握住。我把自己的手放在他們的手上面，他們兩個都沒感覺到。

「我必須告訴傑若姆的家人，他的死是我的錯。」

「要我陪你去嗎？」

我知道卡洛斯很想說「好，陪我去」，但他只是說：「我自己去就好。」

他爸抱了抱他。「好朋友會知道你不是故意讓不好的事情發生的。」

「是啊，傑若姆是個好朋友。」

「他家人會理解的。他們會很難過，但會理解。」

「真的嗎？」

「真的。」我輕輕的說。

「亡靈節（注六）的時候，我想向傑若姆致敬。」卡洛斯瞇起眼睛往上看，「向你致敬，傑若姆。永遠。」也許他真能感覺到我？他點點頭。

我也點點頭，雖然他看不見。

注六：在墨西哥、西班牙及拉丁美洲國家，每年十一月一日、二日的亡靈節會舉辦盛大的活動，包括化裝遊行和布置精美的祭壇，用歡樂的方式向亡者致意，並與死去親友的靈魂團聚。聖安東尼奧因為靠近墨西哥，所以也有這個節日。

「我們可以過亡靈節嗎，爸比？」

「把聖安東尼奧帶到芝加哥來？」

卡洛斯點點頭。

「當然。我們會向傑若姆致敬，謝謝他對我兒子那麼好。」卡洛斯的父親揉揉他的頭髮。「我知道你也努力對他好。」

「我的確是。」

你的確是。

卡洛斯與奶奶

金從樓上窗口看見卡洛斯來了，她臥室窗簾飄動了一下，然後前門就打開了。她一定跑得像閃電一樣快。

「現在？」

「是的。」

「我幫你。」

「不用，沒關係。」

「傑若姆會希望我幫忙的。」

卡洛斯的眼睛瞪得大大的。「謝謝妳，金。」

我跟著他們走進客廳，卡洛斯停下腳步，對著奶奶的祭壇笑了。她把卡洛斯畫的我，放在她和爺爺的結婚照旁邊，花瓶裡插著一朵新鮮的粉紅色康乃馨。卡洛斯很開心，金帶著他走進廚房。

家似乎有些奇怪、陌生，好像褪了色的夢，我無法想像自己住在這裡。那麼狹窄擁擠的空間，不像鬼魂世界那麼遼闊。

我已經變了，現在是鬼男孩，再也回不去了。

「奶奶，看誰來了。」

「卡洛斯。」奶奶放下正在切的胡蘿蔔，拿起一個蓋著錫箔紙的盤子。

「吃餅乾？」

「不，不用了，謝謝。」

「你一定要嘗一塊。坐啊！金，去倒牛奶。」

卡洛斯很不自在的在餐桌旁坐下來，金悲傷的看著他。

我站在水槽旁。

「傑若姆以前最喜歡巧克力碎片餅乾，」金說：「不過這些是燕麥葡萄乾的。你可以沾牛奶吃。」

「多謝了，金。」卡洛斯把餅乾在金給他的玻璃杯裡浸了浸，咬了一口。

可憐的卡洛斯，他的臉孔扭曲了起來。就像我和我的鮪魚（我最後吃的食物），他的餅乾吃起來像土。

「傑若姆早該帶你來家裡的，我就怕他沒有朋友。傑若姆是好孩子，但就是有點內向，總是獨來獨往。」奶奶笑著說。

「你是他的好朋友吧？」她伸出手去握卡洛斯的手。

「我是他的好朋友，」卡洛斯嚥了嚥口水，脫口而出：「那把槍是我給他的。」

奶奶大吃一驚，僵住了。

「我不是有意要傷害他的，那只是一個玩具。」

金輕拍著奶奶的背。

我真為卡洛斯感到驕傲，他說出了真相，這很不容易。

「我只是希望傑若姆玩得開心，他一直對我很好，我想要回報他。」卡洛斯突然哭了起來，金也開始哭泣。

「對不起，對不起。」卡洛斯喃喃的說。

奶奶把他和金一起拉過來，抱住他們搖晃著。他們三個緊緊抱在一起放聲痛哭，廚房從未顯得如此狹小。

我看向窗外，我看不見他們，但我知道鬼男孩們正在底下徘徊遊蕩。

我轉身面對我活著的家人：奶奶、金和卡洛斯。

奶奶吸吸鼻子，「我很遺憾我讓傑若姆出去玩。我應該要他寫功課的。」

「但是他看起來那麼快樂、淘氣。我懷疑他有什麼事瞞著我。」

「但我也很高興他可以調皮一點。他一直都太乖了。我想，他能幹什麼呢？何不就讓他——」

「玩個開心。」金說：「傑若姆從來沒怎麼開心的玩過。」

奶奶好奇的問：「妳知道？妳知道傑若姆有一把玩具槍？」

金低下頭。

「她想要阻止他，」卡洛斯連忙說：「想要阻止我。她說你一定不會喜歡的。」

奶奶撫摸金的臉頰，用大拇指擦去她的眼淚。「沒關係的，金。我愛妳。做錯的事無法挽回，只能盡我們所能去彌補。」

奶奶走到櫃子那裡拿起面紙擤鼻涕，也拿面紙給金和卡洛斯。

「卡洛斯，告訴我三件好事。」

金破涕為笑。「三是奶奶的魔法數字。」

聽著他們三人說話，讓我想起從前的好時光。卡洛斯取代了我的位置，三是有魔力的，金、卡洛斯和奶奶。

「可以先讓我再吃一塊餅乾嗎？」卡洛斯問。

他們三個一起坐著吃餅乾。

我期待卡洛斯告訴奶奶三件好事，但他卻說：「對不起，過了這麼久才告訴你槍的事。我覺得很羞愧。金很有耐心，她相信我，幫助我勇敢起來。」

金紅了臉，沒有說話。

我知道卡洛斯是一個好朋友，金是一個好妹妹，而奶奶則是心胸寬大到可以愛每一個人。他們三個一定可以幫助爸媽好過起來。

我覺得好過多了。

離開之前，我還有一件事要做。

沉默

莎拉不跟她爸說話。不知道為什麼，但這讓我很煩心，非常煩心。

就像她的房間不再是粉紅色也讓我煩心那樣。牆壁還是粉紅色的，但是羽絨被不見了，只剩下白色的床單。她的枕頭套沒有粉紅和白色的褶邊，粉紅色的絨毛小豬現在住在垃圾桶裡，芭蕾舞者燈罩收在壁櫥裡。她每天花好幾個小時待在電腦前面。

沒錯，她家很大，冷氣很涼。她家附近街燈明亮，人行道甚至連裂縫都沒有。雙車位的車庫上方掛著籃框。很漂亮，但是太安靜了。這裡每個人都生活在屋子裡，電視機發出亮光。

要是我家人住在這裡，他們不管白天晚上都會在外面。媽可以有一座花園，而不是可憐的盆栽，奶奶不用整天擔心，金可以開著前廊的燈看書，爸可以整夜投籃。

「莎拉！」

「幹嘛？」

「做點別的事吧！」

「我在做一個網站，『終止種族歧視與不公不義』。你知道被警察射殺的黑人是白人的二點五倍嗎？而他們只占總人口大約百分之十三。」

「二〇一五年，有一千多個手無寸鐵的黑人被殺，太可怕了！」

的確是。

我盯著電腦螢幕，照片、標題、文章、影片，莎拉一直在努力工作。

一個網頁真能做什麼、改變什麼嗎？

「看，這邊是連結。這一個是關於愛默特．提爾的，這一個可以連結到與你有關的文章，這個影片……」

「停。」我可不想要一個連到我死亡的連結。

「我是在幫助你啊！」

我看著莎拉，她更加蒼白了。夏天等在外面，而她卻幾乎沒離開過房間，也從不跟朋友玩耍。

樓下，她爸在喝酒，盯著電視。她媽整天在床上睡覺。

「妳沒辦法幫我。妳沒辦法幫助一個死人。」

莎拉十分受挫。「大家應該要知道。」

「所以事情就不會再發生了嗎？」

「對，就不會再發生了。」莎拉以一種嶄新的樣貌疾言厲色的說。她現在知道謀殺也會發生在孩童身上了。

她的家人不快樂，這還是讓我很煩心。就像我家人不快樂一樣。全世界不快樂我都煩心。

「妳該跟妳爸爸談一談。」

「我恨他。你不恨嗎？」

我恨嗎？

爸、媽、奶奶都教過我，仇恨是不對的。「不，我不恨妳爸爸。妳也不該恨。」

「他殺了你。」

「他犯了錯。」

「他是種族主義者。」

「他犯了錯。很糟糕的錯。」真的非常糟糕。就像麥克、艾迪和史耐普霸凌我、霸凌卡洛斯，也是一樣糟糕。他們只是決意不喜歡我們。

我悲傷的說：「毫無理由的被霸凌是不對的。但如果有理由，那就更糟糕，像是偏見。妳爸的偏見是從哪裡得來的？誰教他的？妳就沒有偏見。他根本不認識我，就對我作出反應。」

「他是霸凌者。」

「沒那麼簡單。」我疲憊的說。麥克、艾迪和史耐普只有言語和拳頭，而警察有槍。

莎拉哆嗦了一下，將椅子轉回電腦前。「這裡有好多故事，好多名字。」

我仔細看著螢幕。真討厭……看見其他黑人男孩的名字、照片，會很難忘記他們。或許會有人看見我的名字，他會記得我嗎？記得我因為被槍殺而成名之前，也曾經有過一個人生。

我走近一步。「莎拉，去跟妳爸爸談一談。他內心有些東西是不對的。」

「是啊，我知道，他害怕。」她低聲的說。

「妳可以幫助他不要害怕黑人男孩嗎？」

莎拉低下頭，她在哭。

「再見。」我閉上眼睛，消失了。

我愈來愈會當鬼了，一下在這裡，一下到那裡。

* * *

「莎拉，」我又出現了，「妳說得沒錯。妳能看見我，我也能看見妳，並且分享我的故事，這是很重要的。」

莎拉抬頭看著我，她冰藍色的眼睛好真實而深邃，閃爍著淚光，「如果人能更了解別人，」她說：「或許就不會害怕了？」

「像妳一樣嗎？連鬼都不怕？」

莎拉笑了。

「妳要告訴全世界有關我的事？」

「是的。還有所有因恐懼而被傷害的人。」

「警察一定經常害怕。」

「但不該只因為對方是黑人就更害怕。」莎拉扭絞著雙手，吸氣，吐氣。她急急的說：「有些人很高興我爸爸沒有被控告。一部分的我也高興。他是我爸爸，我愛他。但他犯了錯，他和他的伙伴沒有試著幫助你，則是錯上加錯。巡邏車上都有急救包的。」她停住了。

「他為什麼沒有試著幫你止血？」她直直的看著我，向我要答案。

「我不知道。」她的注視讓我想起了金，每次她想要我幫忙的時候，眼神是多麼的充滿期望，但是莎拉必須自己幫自己。

「告訴我三件有關妳爸爸的好事。」

她回想著，放鬆了下來。

「爸爸非常愛我和媽媽。他常把我扛在肩膀上，抓著我的腿一上一下的，一路走到南瓜田裡，或是海邊，或是迪士尼樂園的睡美人城堡。我喜歡他扛著我，我高高的坐在他肩膀上時，我可以看見全世界。」

「還有什麼？」

「他帶我去溜冰。不是最近，而是以前。他不知道我曉得他其實很痛恨溜冰。」莎拉低下頭，隨即又抬頭挑起一邊眉毛看著我。

「爸爸熱愛當警察。他想當警察是因為他爸是警察。」她的聲音突然變了。「他還因為英勇救人而獲獎。他怎麼就搞砸了呢？」

「莎拉，跟妳爸談談吧。」

「我害怕。」

「好像每個人都在害怕。」除了死人，我現在什麼都不怕了，不怕霸凌、不怕警察、不怕死。

我就是我，一個好孩子，就像愛默特，就像許許多多的孩子。別人，包括莎拉的爸爸，還有殺死愛默特的凶手，過著錯誤的人生。而我卻連活下去的機會也沒有。

愛默特告訴我，殺死他的那兩個人從來不覺得自己做錯了什麼。一個全部都是白人的陪審團裁決他們無罪。

法官說沒有足夠的證據能指控摩爾警員犯罪，但他也沒有歡天喜地。

這算是進步了嗎？

莎拉知道必須跟她爸爸談一談。她也許不會喜歡自己聽見的，但她必須聽。

我彷彿看見長大以後的莎拉，在寫書，在為改變而抗爭，在教育大家如何看待別人，在教育她的孩子（想像莎拉當媽媽），去學習而不是評判。

★ ★ ★

「莎拉，讓大家懂得聆聽，真正的看見別人，確保不再有更多小孩無緣無故被殺。」

我還有更多想說——但沒說。莎拉沒問題的，她是個白人女孩，但她不是所謂的「白人女孩」，她是莎拉。我和所有在她電腦螢幕上的男孩都有名有姓，傑若姆．羅傑斯、塔米爾．萊斯、拉奎恩．麥克唐納、特雷沃恩．馬丁、麥可．布朗、喬丹．愛德華，我們都是人，是黑人孩子。

膚色不該讓任何人害怕。是因為曾經有過奴隸制度，所以有些白人就懼怕黑人嗎？我不知道。醒醒吧，人們！我很想告訴每一個人，懼怕，以及對黑人男孩的刻板印象，不會讓世界變得更好。

「再見，傑若姆。」莎拉微微顫抖著說。

「再見，莎拉。」天曉得我竟然死後還會交上一個朋友。

「我不會忘記你的。也不會讓任何人忘記你。」

「要說到做到喔，莎拉。」

莎拉還是很煩惱，但沒關係，她應該這樣。這樣她才能幫助自己和這個世界。

我在屋外徘徊，感到很不安。事情還沒結束。

「爸爸！」莎拉大喊，悲傷的聲音裡透著要求的味道。

我在外面院子裡，看見莎拉在屋裡跑下樓梯。她小心翼翼的走近坐在沙發上的爸爸。他看起來茫然而痛苦。

「爸爸？」

他大大的伸出手臂，莎拉環抱住他的脖子，把臉埋在他胸前。

摩爾警員吻了她的頭頂，三次。

莎拉把自己拉遠一個手臂的距離，盯著她爸。

「幫我做作業好嗎？」

她爸爸看起來像當胸挨了一拳，臉上失去了血色，「是關於我殺的那個年輕人嗎？」

「也有其他人，那些因為錯誤、偏見而死的人。」

她爸爸緊抓著她，說不出話。我看不見莎拉的臉，但我可以看見她爸爸的，他繃緊了下巴，眉毛抬起又放下，嘶著嘴，流著淚，額頭上擠出一堆皺紋。他的臉因為太多情緒而扭曲著。

他閉上眼睛，吐出一大口氣，將莎拉抱得更緊了，他吻吻她的頭髮。

「當然，」他哭著輕輕的說：「當然。」

「我愛妳。」

這就是我需要從莎拉和她爸爸那裡看見、聽見的。

亡靈節

十一月一日，奶奶的萬聖節，羅德利奎茲家的亡靈節。

兩個家庭出來野餐，在我的墳前。

爸媽看起來好些了，不再那麼焦慮不安。奶奶、卡洛斯和金開心的裝飾著我的墓碑，在我墳頭擺上雞腿和玉米麵包。卡洛斯的父母帶來了墨西哥粽（注七），真希望我能嘗嘗看。他母親穿著滾荷葉邊的洋裝，頭髮上簪著粉紅色的花，嬰兒提籃裡有一個小女嬰，頭上綁著有朵毛線花的粉紅色頭帶。

卡洛斯的媽媽對媽特別好，他爸爸跟我爸握握手，奶奶、卡洛斯和金跟我說著話，好像我就站在他們面前。我就是，只是他們看不見，不知道。

金告訴我莎拉寄了一本書給她，《小婦人》。「很棒。我想像中所有的姊妹都是黑人。」

「傑若姆，幫我跟蘭尼爺爺打聲招呼。」奶奶用手指描畫著我的名字，然後爺爺的名字，「我愛你們兩個。」她點上了蠟燭。

「亡靈節是你玩耍的日子，傑若姆。」卡洛斯說：「只有一天（注八）。但我明年還會來這裡，還有後年、大後年，我永遠不會忘記你。」

卡洛斯笑著將一顆籃球放在他猜想我在棺木中手的位置。「跟你朋友玩球吧，阿米哥。」

注七：一種中美洲傳統食物，用玉米葉包裹玉米麵糰和各種餡料，蒸熟後食用。

注八：十一月一日是未成年鬼魂的節日，十一月二日則是成年鬼魂的節日。

我或許會喔，來一場「鬼男孩盃」大賽。

奶奶緊緊摟了卡洛斯一下，打開一張正方形的紙。「卡洛斯，這對我意義重大。」

我從奶奶肩膀上探頭看，那是一張我的畫像，我可以從眼睛和鬈髮看得出來，但我的臉是一個骷髏，大大的眼睛，縮水的頭骨，上面畫著五彩繽紛的圖案。

「它不是像萬聖節那樣用來嚇人的，」卡洛斯說：「墨西哥人尊敬死者，骷髏頭畫是為我們心愛的人過節慶祝的。」

「我也想畫。你可以教我嗎？」金問。

「當然，很簡單的。」

「拿一個吧！」羅德利奎茲太太，卡洛斯的媽媽，掀開托盤上的保鮮膜，上面擺著一排排糖做的小小骷髏頭。「亡靈節是頌揚生命的。」

的確是，甜甜的糖果，美味的食物。看著我的家人和卡洛斯的家人在一起，真是令人欣慰。爸好愛墨西哥粽，卡洛斯的爸爸則喜歡我媽做的馬鈴薯沙拉。

看著金和卡洛斯成為朋友，聽見奶奶咕噥著她有多麼想念我，她記得我有多麼喜歡電動遊戲，感覺真好。「我要把傑若姆的電玩送給卡洛斯。」

卡洛斯笑著大叫：「太棒了！」

「也許有時候傑若姆會看著你玩？」

「這我喜歡。」他說。他們兩個緊握住雙手，完全心意相通。

活人、死人，很接近。

金舔了一口骷髏頭。

「不，金，別吃，那是布置用的。」卡洛斯把六個骷髏頭糖放在我的墓碑上，有一個小骷髏頭上有我的名字。奶奶在我和蘭尼爺爺的墳上點亮了蠟燭。

愛默特出現在我身旁，「你是被人記得的。我們都是。」

鬼魂族人一個個現身了。

對於墓園裡充滿一縷縷縹緲的男孩這種事，我已經很適應了。

「謀殺會停止嗎？」

「總有一天吧！必須這麼相信，傑若姆，你必須相信。」

愛默特看起來像個老人，甚至比我認識他以來都要老，他的疲累讓我害怕；即使身為鬼魂，悲傷會讓我愈來愈老、愈來愈老嗎？

我放眼看看四周。

我知道成千上萬的鬼男孩都在努力想要改變世界，這也是我們還沒有說再見、我們並未真正離去的原因。

「愛默特，我們每一個鬼魂都有一個人可以看見我們，可以跟我們說話，是不是？」

愛默特點點頭。「有時不止一個。只有活人才能作出改變。」

「你會跟誰說話？誰能看見你？」

「瑟古德·馬歇爾（注九）。他是審判殺我凶手時的律師，曾經打贏很多場民權訴訟，後來成為法官。」

「莎拉會很好的。」我信心滿滿的說。還有卡洛斯和金也是。

「該走了。」

「去哪？」

「遊蕩，直到下次再見。必須去幫助死者發言。」

「鬼男孩要團結喔！」我堅定的說。

「至少直到不再有謀殺，」愛默特回答：「直到膚色不再重要。只有友誼、善良和了解。」

「和平。」那也是我的願望。

注九：美國最高法院第一位黑人大法官。

生前

那一天

無拘無束的呼吸著，冷空氣進、熱空氣出。我的身體忽前忽後、忽左忽右的衝刺，我在奔跑、閃避、打擊壞人。也不知道壞人到底是誰，反正就是壞人，我並沒有想到任何一個真實的人，沒有想到麥克、艾迪或史耐普，甚至也沒想到卡洛斯。

在外面街上玩耍真好，沒有人會碰我或煩我。

一槍在手，我覺得自己強大無比。就像第一人稱射擊遊戲一樣，只不過我正置身遊戲裡面，感覺到空氣快速流動，肺部在疼痛，想像自己是好人，是一個警察；或者更好，是個在扮演警察的電影明星，扮演一個未來的特務，拿著雷射光束到處切割，摧毀外星人和殭屍。我英勇無畏。

「那邊，在那邊！」我大叫。一個壞人。砰！

太好玩了！比按鈕控制拳打腳踢要好玩多了，也很驚險刺激。難得一次毒販會躲開我，艾迪、麥克和史耐普會不敢暴打我。

耶誕節近了。

綠畝不再悲慘，它是一個綠色的冒險樂園。我從樹後面射擊，砰，砰！我閃避、追蹤壞蛋。那兒有一片沼澤我得避開、有一條小溪我得跳過。

碰！壞蛋被打倒了，我坐下來喘口氣，槍掛在身旁。

我呼吸緩了下來，筋疲力盡。天氣很冷，但我的身體感覺很熱。

真希望我在跟卡洛斯一起玩，那就會是真正的虛擬實境遊戲。跟朋友一起最好玩了。

我自己一個人的話，就只是在做做樣子，還得冒著有人會以為我是暴徒而想把我擊斃的風險。要是艾迪在這裡的話，儘管他是個笨蛋，我也不認為我可以霸凌他。感覺這是不對的，我家人不會喜歡。

該回家了。

✶　✶　✶

有動靜。眼角餘光中，我看見一輛車緩緩開向我。它衝著我來，彷彿要跳上人行道了。

我轉身想要跑開。

砰！砰！

一陣尖銳刺耳的煞車聲。

我平攤在地。

血湧了出來，綠畝的泥土顏色變深了，白雪變成紅色。我無法抬頭或轉頭。

鞋子……有人在奔跑、走向我。人群漸漸聚攏。黑色的靴子，兩雙，站在我的頭附近。

這個世界的聲音被抽

空了，我只聽見自己的心跳，聽見血液從我身上汩汩流出。

「玩具……」我喉嚨裡發出咯咯的聲音，結結巴巴的說。我的右手在空氣中一開一闔，我不想失去卡洛斯的槍。

疼痛襲捲過我。我身體裡有兩根燃燒的火棒，燒灼著我的右肩和下背部。發生什麼事了？我怎麼了？

打電話給醫生，把我治好啊！

血充滿了我的肺部和喉嚨。呼吸愈來愈困難。我的心跳緩慢下來，愈來愈慢……愈來愈慢……

我想要看一張臉，媽！想要有人握住我的手，奶奶！

我閉上眼睛，感覺靈魂升起。

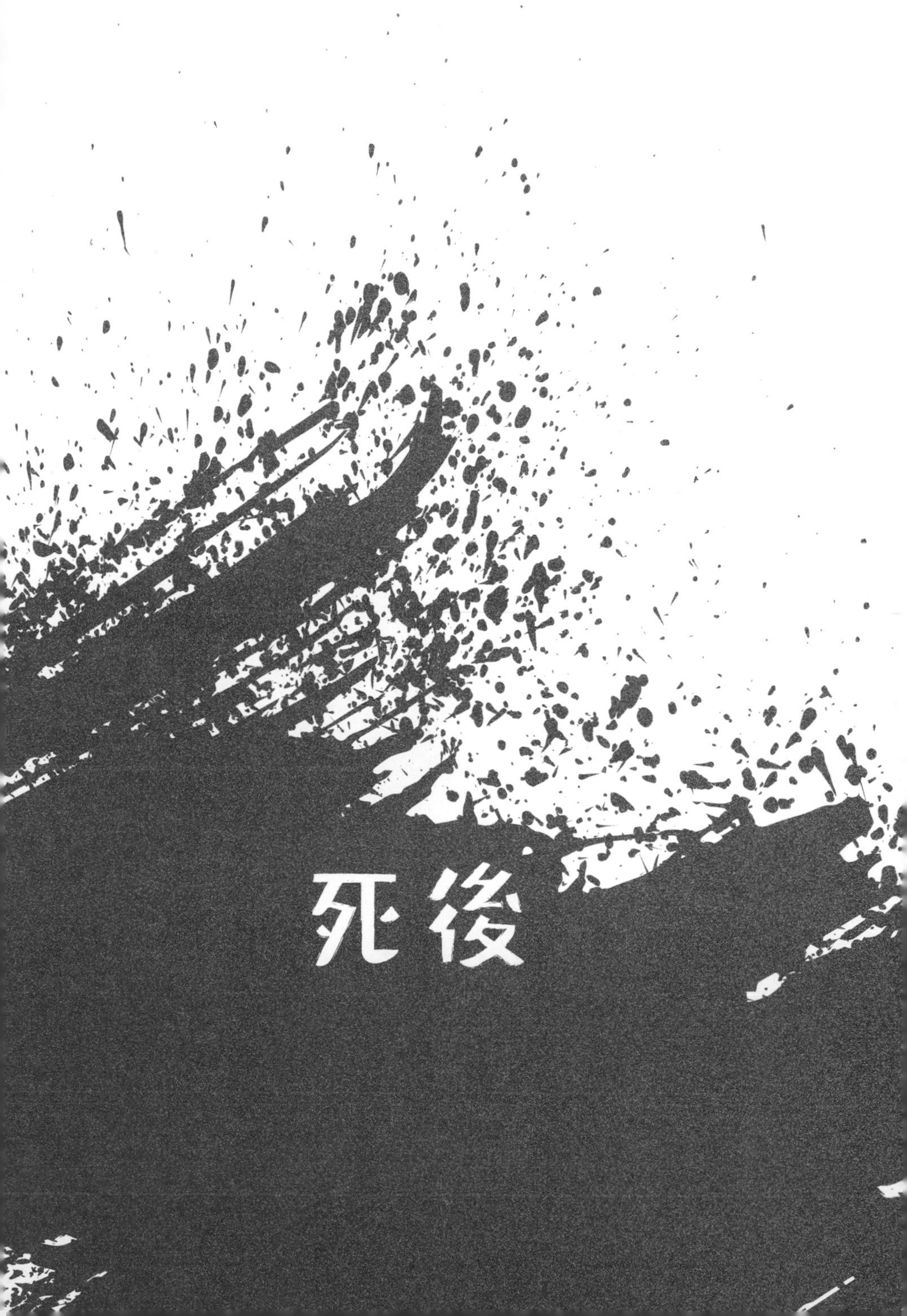

死後

最後幾句話

我的故事說完了。這是我的見證。
覺醒吧！只有活著的人可以讓世界變得更好。
活著，讓它更好。別讓我（或任何一個人）
再說一遍這樣的故事。

再見。

鬼男孩

後記

在我一生中，有無數年輕人和青少年，包括愛默特．提爾，因為有意或無意的種族歧視而死亡。

然而，十二歲的塔米爾．萊斯之死，就像十四歲的愛默特．提爾之死一樣，特別讓我感到恐懼。因為他們的冤死，是黑人男孩在孩童時期就被當成了罪犯。成年人原本應該要保護孩童的，但他們卻背叛了孩童的純真，這真是悲劇。他們每一個人的死亡都衝擊了我們所有的人。

這本書裡包括了改編過的愛默特．提爾與布萊恩太太，卡洛琳．布萊恩互動的歷史。

六十多年來，一直有一些說法，不管是口頭的、文字的，有些還信誓旦旦的說，提爾在肢體上和言詞上侵犯了布萊恩太太。

言下之意就是提爾咎由自取。提摩西・泰森的書《愛默特・提爾之血》匡正了這個扭曲的「歷史記憶」。布萊恩太太當年向殺死提爾的凶手指認提爾，但她在八十二歲時承認，「那男孩沒有做過任何事，足以讓他遭致那種下場。」提爾之死是基於謊言，但布萊恩太太卻從未被控有罪。

我希望父母、老師能夠和他們的孩子、學生一起閱讀《鬼男孩》，然後討論在美國依舊揮之不去的種族歧視和緊張。經由討論、覺悟，以及社會和公民行動，希望我們的年輕人能夠去除個人和體系中的種族歧視。

我的家庭有尊崇和頌揚逝者的傳統。對我而言，傑若姆和卡洛斯能夠擁有一份超越生死的友誼很重要。所以我也想強調，奶奶的信念和羅德利奎茲家的信念是相通的。

尊崇逝者是普世的文化主旨。中美洲許多部族和文化（特別是阿茲特克人）都敬奉祖先，從而創造了「亡靈節」這個節日。殖民時期的墨西哥有超過一百萬的非洲奴隸，他們對人死後世界的看法，也可能影響了亡靈節的儀式。

亡靈節的慶祝活動從十月三十一日午夜開始。逝去的孩童（小天使）有二十四小時可以跟家人玩耍。第二天則是成年靈魂受到敬奉。在美洲與墨西哥十分普及的天主教，會在十一月一日過「諸聖節」（敬奉聖者）、十一月二日過「諸靈節」（敬奉逝去的家人）。亡靈節慶典很可能是在十六世紀時與天主教的傳統融合在一起的。亡靈節頌揚生命以及家人之間的連結，也提醒人們要享受生命。家人會為心愛的逝者建立祭壇，擺滿他們喜歡的食物飲料。掃墓和講述逝者的種種，是尊崇家庭記憶和傳統的重要儀式。

對我而言，相信逝者仍然「在場」，賦予了這本小說更多的急迫性。我深信，活著的人有義務尊崇那些不再能為自己說話的人，並為他們發言。

長久以來，「作見證」對於美國非裔社群來說很重要——其實對所有曾經遭受壓迫的族群皆然。「作見證」的意思就是，用你個人或是文化中的故事，為不公不義和苦難的遭遇作證。

「見證」通常包括了個人創傷，譬如傑若姆之死以及後續的經歷。說出他的故事，能夠幫助他處理自身的傷痛，並提供情感上的淨化作用，讓他得以接受自己的死亡，並在死後扮演說書人的角色。經由「見證」，傑若姆讓莎拉以及更多人，能夠為消弭種族偏見與歧視而戰。

身為藝術家，我作了見證，希望讓讀者能夠「將世界變得更好」。我的希望是，《鬼男孩》能為所有年輕人激起有意義的改變。

自從《鬼男孩》在二〇一八年四月出版以來，我有幸能與許多年輕人見面，他們感覺現在比以往更有能力為消弭種族歧視與偏見而戰。小至六歲，大至十六歲的男孩，甚至還有二十六歲的父親，感謝我對美國的鬼男孩們表達了愛與懷念。

大家都了解了愛默特．提爾在一九五五年被謀殺的歷史背景。一位中學生酸楚的說：「你是說，這不是我個人的問題，而是一種模式？」這位年輕人不知怎的竟從心底認定他自己是問題所在，其中的含意讓我的心都快碎了。他的自我以及種族認知，已經被外顯和內隱的種族歧視扭曲了。「不，你沒有錯。你是獨特而美麗的。」

美國奴隸制度憑種族來貶抑、迫害、擁有他人，這是第一道傷痕。要消除這個有害的餘孽，還有很多工作要做。

傑若姆說：「只有活著的人可以讓世界變得更好。活著，讓它更好。」我曾經在課堂、禮堂上問學生：「誰是活著的？」大家都舉手。「那你們要做什麼呢？」「**活著，讓它更好！**」他們大吼。

小孩子很強大，他們會改變我們的世界，讓它更好、更公正、更包容。我相信這一點，因為我有幸見過他們的臉，感受過他們的熱情。我也很感激老師和圖書館員們，培育我們的下一代，教導他們公平公正和社會正義。你們都是為共同人性作見證的英雄。

附錄：《鬼男孩》共讀討論議題

一、你對《鬼男孩》的開頭有何看法？作者羅德絲在《鬼男孩》裡大量使用了直截了當的簡短句子。你覺得她為什麼要選擇用這種方式寫這本書？這對你的閱讀體驗產生了什麼效果？

二、《鬼男孩》用什麼方式連結過去和現在？這本書如何在時間上前後跳躍？為什麼要這樣？

三、呈現預審的場景有何意義？

四、種族偏見是什麼？它如何影響《鬼男孩》的故事和真實事件？

(一)許多人將「黑人的命也是命」理解為「反警察運動」。《鬼男孩》會讓你覺得這是本反警察的書嗎？這本書如何描繪摩爾警員以及所有警察？

(二)在讀《鬼男孩》之前，你對「黑人的命也是命」以及美國的民權運動有何了解？這些了解對你閱讀這本書有何幫助？關於這些運動，你經由這本書學到了什麼？

五、《鬼男孩》裡為什麼要提到《彼得潘》？

傑若姆被霸凌的經驗如何影響他的自我觀感，以及他與家庭成員的關係？

六、莎拉這個角色，以及她能夠看見傑若姆的用意是什麼？她象徵了什麼？

七、那卡洛斯這個角色呢？亡靈節在《鬼男孩》裡扮演了什麼角色？

(一)亡靈節的精神，與奶奶（還有金）對死亡的理解，如何連結在一起？

(二)卡洛斯承認給了傑若姆玩具槍，這點為什麼很重要？

八、愛默特．提爾是誰？他的真實故事如何影響《鬼男孩》的故事？愛默特．提爾把自己的故事告訴了傑若姆，這件事的意義是什麼？

九、作者說：「生命雖然結束了，但也並未結束。」這是什麼意思？

十、愛默特．提爾為什麼要傑若姆「作見證」？「作見證」是什麼意思？

十一、傑若姆的奶奶經常要求別人「告訴我三件好事。」循著這個貫穿小說不斷重複的母題，關於奶奶、傑若姆和其他角色，它揭露了什麼？它是什麼時候又一次出現的？這些場景之間有什麼關係？

十二、作者寫道：「做錯的事無法挽回，只能盡我們所能去彌補。」這句話的意義是什麼？你有什麼彌補的方式？

十三、傑若姆提到攻擊愛默特的人被判無罪，就像摩爾警員一樣。這件事的意義是什麼？

十四、鬼男孩們為什麼還沒有說再見？

十五、「只有活著的人可以讓這個世界變得更好。活著，讓它更好。」作者這句話的意思是什麼？你有什麼方法可以讓世界變得更好？

十六、你覺得《鬼男孩》怎麼樣？你有什麼感想？

十七、你覺得《鬼男孩》會如何影響你看別人、美國，還有世界的方式？

國家圖書館出版品預行編目資料

鬼男孩/珠兒.帕克.羅德絲(Jewell Parker Rhodes)著；陸篠華譯.
-- 初版. -- 臺北市：幼獅文化事業股份有限公司, 2022.07
面；　公分. -- (小說館；36)
譯自：Ghost boys

ISBN 978-986-449-268-8(平裝)

874.59　　　　111009095

・小說館036・

鬼男孩 Ghost Boys

作　　者＝珠兒・帕克・羅德絲 Jewell Parker Rhodes
譯　　者＝陸篠華
繪　　者＝林師宇
出 版 者＝幼獅文化事業股份有限公司
發 行 人＝葛永光
總 經 理＝洪明輝
總 編 輯＝楊惠晴
主　　編＝沈怡汝
特約編輯＝張容瑱
美術編輯＝游巧鈴
總 公 司＝10045臺北市重慶南路1段66-1號3樓
電　　話＝(02)2311-2832
傳　　真＝(02)2311-5368
郵政劃撥＝00033368

印　刷＝崇寶彩藝印刷股份有限公司
定　價＝320元
港　幣＝106元
初　版＝2022.07
三　刷＝2024.08
書　號＝987258

幼獅樂讀網
http://www.youth.com.tw
幼獅購物網
http://shopping.youth.com.tw
e-mail：customer@youth.com.tw

行政院新聞局核准登記證局版臺業字第0143號